반도덕주의자

L'Immoraliste

KB110492

앙드레 지드
동성식 옮김

반도덕주의자

L'Immoraliste

앙드레 지드

플란넬 조끼를 입은 남자

정지돈

1

할은 일흔다섯이 된 해이자 아내가 죽은 다음 해에 아들에게 자신이 게이라고 밝힌다. 그는 자신이 처음부터 게이였으며 네 엄마와 사는 내내 게이였고 지금도 게이라고 말한다. 그는 칠십오 년 동안 하지 못한 연애를 시작한다. 애인을 구하는 광고를 내고 게이 클럽에 가고 동성애자 친구들과 불꽃놀이를 하며 파티를 연다. 아들인 올리버는 할의 변화에 놀라고, "그럼 엄마는? 엄마의 삶은?"이라고 반문하지만 반문의 시간은 길지 않았다. 할은 커밍아웃을 하고 얼마 지나지 않아 암으로 죽는다. 할의 삶과 할의 아내였던 조지아의 삶은 무엇이었을까. 거짓된 삶? 또는 거짓에 농락당한 삶? 아니면 죄의식과 욕망과 기쁨과 좌절이 뒤섞인, 그냥 우리들 모두와 같은 그런 삶?

할과 올리버, 조지아는 마이크 밀스의 영화 「비기너스(Beginners)」(2010)에 나오는 캐릭터다. 할 역할은 크리스토퍼 플러머가 맡았는데 그는 아카데미와 골든 글로브에서 남우조연상을 받았다. 하지만 그건 중요하지 않다. 앙드레 지드는 노벨 문학상을 받았기 때문이다. 앙드레 지드와 크리스토퍼 플러머는 닮았고, 물론 크리스토퍼 플러머가 배우라 그런지 조금 더 잘생겼지만 앙드레 지드 역시 젊은 시절 사진을 보면 만만찮은 멋쟁이인데, 이것 역시 중요한 이야기는 아니다. 중요한 건 앙드레 지드가 반평생 자신의 성정체성을 숨기고 살았으며 결혼을 했고 배신을 했고 그 과정을 소설로 쓰고 일기로 쓰고 자서전으로 썼다는 사실이다. 한국에서 청소년기를 보낸 사람들에게 지드는 『좁은 문』을 쓴 숭고한 거장이거나 시대의 어둠을 앞장서 비판한 지식인이고, 프랑스 문단과 현대문학에 막대한 영향을 끼친 노벨 문학상 수상 작가이지만 사실 그 때문에 내 주위에는 앙드레 지드를 좋아하는 사람이 거의 없다. 어떤 작가가 시간의 힘에 의해 죽는다면 가장 완벽한 사인은 바로 상을 수상한 작가로만 기억되거나 '교양 문고'에 어울리는 작가가 되는 것이다. 한국의 교양 문화는 앙드레 지드에게서 동성애, 정확히는 청년을 좋아하는(정신적으로가 아니라 육체적으로) 성적 취향을 소거했고 이를 통해 지드를 죽였다. 그러니까 내가 하려는 얘기는 『반도덕주의자』는 동성애자이자 기독교도인 앙드레 지드가 자신의 고통과 죄책감과 성찰을 어떻게 소설의 탈을 쓴 자기 연민의 형식으로 승화 ── 변명 ── 반성 ── 극복했는가, 하는 관점에서 봐야 한다는 말이며 그렇게 할 때 비로소 지드를 조금이나마 살려 낼 수 있다는 이야기다.

2

『반도덕주의자』는 지드의 첫 번째 장편 소설일 뿐만 아니라 그의 근원에 가장 가까운 소설이다. 지드의 유일한 자서전 『한 알의 밀알이 죽지 않으면』은 그가 57세인 1926년에 출간됐는데, 그 내용은 지드가 26세인 1895년에 끝난다. 보통의 자서전이라면 다뤘어야 할 젊음 이후의 삶, 작가로서의 성공, 비판적 지식인으로서의 역할 따위를 지드는 쓰지 않았다. 『한 알의 밀알이 죽지 않으면』이 중심적으로 다루는 내용은 어린 시절의 세목들이며, 그중에서도 지드의 동성애적 성향이고 이러한 유년기의 동성애적 성향은 1893년 알제리 여행에서 결실을 맺는다. 잘생긴 아랍 청년들과 첫 경험을 하였던 것이다. 지드는 『반도덕주의자』에서 목티르라는 인물을 통해 아랍 청년들에 매혹당한 자신의 모습을 간접적으로 그린다.

　어느 날 아침 나는 나 자신에 대해서 이상한 것을 발견했다. 나는 아내가 좋아하는 아이들 중에서 내 비위에 거슬리지 않았던 (아마 잘생겼기 때문일 것이다.) 유일한 아이인 목티르와 함께 단둘이 내 방에 있었다. (중략) 목티르는 관찰당하는 줄도 모르고 내가 독서에 정신이 팔렸다고 생각하는 모양이었다. 나는 그가 소리 없이 테이블로 다가가는 것을 보았다. 거기 바느질감 곁에 마르슬린이 놓고 나간 작은 가위가 하나 있었다. 그는 살그머니 가위를 집어서 재빨리 뷔르누 속에 슬쩍 집어넣었다. 내 심장은 한동안 몹시 뛰었다. 그러나 아무리 신중히 생각해 봐도 내 마음속에는 티끌만큼의 반감도 일어나지 않았다. 그뿐이 아니다! 그때 내 마음에 가득 찼던 감정이 환희 이외의 것이라고는 도저히 생각할 수 없었

다. ― 본문에서

『반도덕주의자』는 미셸이 자신의 배덕을 고백하는 내용의 소설이다. 그가 저지른 배덕은 자신의 아내 마르슬린을 배신하는 것이다. 미셸은 아내의 간호로 건강을 회복했음에도 불구하고 아내가 아플 때 그녀를 외면하고 배덕, 정확히는 목티르의 정부와 불륜을 저지른다. 소설에서는 목티르의 안내로 그의 아내와 잠을 자는 것으로 그려지지만 앙드레 지드의 마음속에서는 목티르와 잠을 잤을 터다. 『반도덕주의자』를 출간할 때만 해도 지드는 '클로짓게이'였기 때문에 사실대로 쓸 수가 없었다. 의미심장한 건 그가 목티르를 범죄와 연결시킨다는 점이다. 목티르는 첫 만남에서 가위를 훔치고(그것도 미셸의 가위가 아닌 마르슬린의 가위), 두 번째 만남에선 그와 부정한 관계를 맺는다. 그러나 동시에 목티르의 범죄는 미셸의 입장에선 생명이다. 생기 없는 과거와 지식과 허위의식만 가득한 프랑스의 숨 막히는 공간과 대비되는 곳이 아프리카의 태양이며 사막이고, 아랍 청년들이다. 그러니까 앙드레 지드에게 범죄와 생명은 하나였다. 만일 당신이 범죄 없이 살아남을 수 없다면, 당신은 죽음을 택할 것인가, 범죄를 택할 것인가. 이러한 딜레마는 유년에서 청년기 시절에 이르기까지 앙드레 지드를 끊임없이 지배했다. 100년 전 프랑스의 부르주아 집안 출신 기독교도에게 동성애란 가위를 훔치는 것과 비교할 수도 없는 범죄이자 배덕이었고, 그건 유럽 어디에서든 마찬가지였다. 가령 지드가 사랑한 작가 중 한 사람인 오스카 와일드는 동시대 영국에서 동성애자로 규탄받아 옥에 갇히고 쫓기는 생활을 해야 했다. 자신의 존재 자체가 배덕이라면 어떻게 할 것인가.

배덕이 생명인 자는 필연적으로 자신이나 자신의 주변 사람을 해할 수밖에 없다. 『반도덕주의자』에서 희생자는 마르슬린이었고, 앙드레 지드의 삶에서 희생자는 그의 아내 마들렌이었으며, 오스카 와일드의 삶에서 희생자는 오스카 와일드 자신이었다.

앙드레 지드는 1893년 오스카 와일드를 처음 만난다. 그는 오스카 와일드에게 완전히 매혹된다. 오스카 와일드는 당대의 스타였고 미남이었고 화려한 언변을 자랑했으니까, 스물넷의 청년 지드는 오스카 와일드에게 반할 수밖에 없었다. 그러나 오스카 와일드의 거침없는 명성은 지드를 두렵게 했다. 지드는 자신이 게이라는 사실을 인정할 수 없었고, 알릴 수도 없었다.

지드는 1895년 오스카 와일드와 우연히 조우한다. 지드는 그때의 경험을 이렇게 쓴다.

때는 1895년 1월이었다. 나는 여행 중이었다. 마음이 어수선하여 여행을 나섰던 것이다. 새로운 곳을 찾아서가 아니라, 조용히 혼자 지내고 싶었다. 날씨는 끔찍했다. 알제를 도망치듯 떠나와 블리다에 도착했고, 그곳에서 비스크라로 출발할 계획이었다. 호텔을 나서다가, 투숙객 명단이 적힌 안내판에 눈길이 우연히 멈췄다. 그런데 내 이름 바로 옆에 와일드의 이름이 적혀 있는 것이 아니겠는가? 앞서 밝혔듯이 나는 조용히 혼자 지내고 싶었기 때문에 곧바로 지우개를 들고 내 이름을 지워 버렸다.

기차역에 다다를 때쯤 내 행동이 비겁했다는 생각을 지울 수

없었다. 그래서 그 길로 호텔로 되돌아가 가방을 다시 부탁하고는 내 이름을 안내판에 다시 써넣었다.[1]

지드는 오스카 와일드와 다시 만났다. 그러나 위의 글은 사실이 아니다. 지드가 간 알제리의 블리다에 있는 호텔 오리엔테는 당시 동성애자들의 만남의 장소로 유명한 곳이었다. 짐작컨대 지드는 남자를 만나기 위해 그곳을 찾았을 터다. 그런데 그곳에서 우연히 오스카 와일드의 이름을 발견한다. 놀란 지드는 자신의 이름을 지우고 호텔을 떠난다. '클로짓게이'였던 그는 오스카 와일드와의 공개적인 만남이 거북했던 것이다. 그러나 그는 돌아왔고 오스카 와일드와 만났다.

3

떠남과 돌아옴. 기만과 진실. 앙드레 지드를 만든 건 이 두 가지 상반된 행동의 조화였다. 기만과 진실에 조화라는 말이 어울리나 싶지만 그 어울리지 않는 것을 지드는 해냈다.(그렇다고 칭찬해 줄 필요는 없다.) 반면 오스카 와일드는 처음부터 끝까지 그대로였다. 그는 숨기지 않았고 가식도 없었으며, 조증에 걸린 우아한 말처럼 달렸다. 하지만 지드는 그렇지 않았다. 그는 숨기고 고민하고 주춤하고 돌아서고 반성하고 후회했다. 그리고 기록했다.

지드의 삶에서 가능했던 것들, 콩고 여행 이후 프랑스 식

1   앙드레 지드, 이효경 옮김, 『오스카 와일드에 대하여』(글항아리, 2015), 48쪽.

민 정책에 대한 비판, 공산주의자로서 소련의 현실을 고발한 것, 『코리동』을 통해 동성애를 옹호한 것 등은 지드가 훌륭한 인격을 지닌 지성이었기 때문에 가능했던 일이 아니다. 그것은 그의 동성애적 성향과 그것을 솔직히 드러낼 수 없었던 시절, 그동안 자신이 받아 온 상처에 대한 자각과 자신이 상처 입힌 사람들에 대한 죄책감으로 형성된 소수자의 눈이 있었기에 가능했다. 그는 인간과 삶의 끝없는 딜레마를 인식했고, 그 앞에서 좌절하고 고민했다. 공산주의가 의도와 다르게 변질되었음을 알았고 대의를 위해 입을 닫아야 한다는 사람들의 태도에 공감했지만 결국은 말해야 한다는 사실 또한 알았다. 사실은 사실이니까 말해야 한다는 즉각적인 투명함이 지드에겐 없었다. 그리고 이러한 불투명함이 지드를 지속적인 비판자이자 최후까지 살아남은 사람으로 만들었다. 그가 자서전에서 유년기와 청년기만을 다룬 것은 그의 불투명하고 이중적인 내면이 그때 형성되었기 때문이었다.

지드의 동료들은 단 한 번도 과감하지 못했던 그를 "플란넬 조끼를 세 겹이나 껴입고 위험하게 살았다."라며 조롱했다. 사르트르는 지드가 자신의 이름을 걸기 전에 주저했고 관념이나 견해에 관심을 가지더라도 조건부의 지지만을 보냈으며, 언제나 물러설 준비 태세로 변방에 머물고자 한 신중한 사람이었다고 말했다. 그러나 동시에 그런 신중함을 추구함으로써 구체적인 진실을 이룩했다고도 말했다.

지드는 자서전에서 "내 이야기의 존재 이유는 오직 진실하고자 하는 것뿐이다."라는 말을 수차례 반복한다. 왜냐하면 "진실한 것이라면 뭐든 가르침을 줄 수 있다."라고 생각했기 때문이다. 중요한 건 지드의 진실은 천천히 온다는 사실이다. 진실이 있고 그것이 천천히 드러난다는 말이 아니라, 진실이 만들어지는 속도가 느리다는 뜻이다. 진실은 보물찾기가 아니다. 진실은 언제나 형성되는 것이며 지드는 그러한 진실을 만드는 데에 일생을 갈아 넣었다. 오스카 와일드는 자신의 천재성을 오로지 인생에 쏟아부었으며 작품에는 고작 재주만을 부렸을 뿐이라고 말했다. 나는 이 말을 지드에게 돌려주고 싶다. 그의 소설은 그가 이루고자 했던 진실을 가능하게 한 가장 신중한 도구였으며, 그의 진실은 그의 인생으로 완성됐다. 지드의 인생 없이 지드의 소설을 보는 건 무의미하다. 동시에 소설을 쓰지 않았다면 지드의 인생도 존재하지 않았을 것이다.

차례

앙리 게옹에게
—그의 진정한 친구

내가 주께 감사함은 나를 지으심이 심히 기묘하심이라.

—「시편」139장 14절

나는 이 책이 지니고 있는 가치 그대로 이것을 내놓는다. 이것은 하나의 쓰디쓴 재로 가득 찬 열매다. 이것은 마치 사막의 콜로신트처럼 불타는 듯한 땅에서 자라, 갈증 난 목을 더욱 심하게 타게 할 따름이지만, 황금빛 모래 위에서 아름답지 않은 것은 아니다.

만일 내가 내 주인공을 어떤 본보기로 내놓았다면 여지없이 실패하고 말았을 것이다. 극히 소수의 사람들이 미셸의 모험에 관심을 가져 주었는데, 호의적인 듯 보였으나, 그를 비난하기 위해서였다. 내가 마르슬린을 그렇게 많은 미덕으로 장식한 것은 무익한 일이 아니었다. 사람들은 미셸이 자신보다 마르슬린을 더 사랑하지 않은 사실을 결코 용서하지 않았다.

내가 만일 이 책을 미셸에 대한 고발장으로 삼았다면 역시 또 실패했을 것이다. 왜냐하면 나의 주인공에 대해 분개하면서도 아무도 나에게 감사할 줄은 몰랐기 때문이다. 사람들은 내 뜻과는 반대로 분개하고 있는 것 같았다. 이 분개는 미셸로부터 시작되어, 다음번에는 나 자신으로 향했다. 하마터면 그들은 나와 미셸을 혼동할 뻔했다.

그러나 나는 이 책을 고발장, 또는 변명으로 삼으려던 것은 아니다. 나는 섣불리 판단을 내리는 것을 삼갔다. 이미 오늘날 독자들은 작가가 어떤 행위를 그리면 거기에 대한 작가의 찬성이나 반대를 분명히 밝히기를 요구한다. 게다가 심지어 드라마가 진행 중일 때도, 그들은 작가가 알세스트 편인가 필랭트 편인가, 햄릿 편인가 오필리아 편인가, 파우스트 편인가 마르가레테 편인가, 아담 편인가 여호와 편인가를 분명히 표명하기를 바랄지도 모른다. 물론 나는 중립(우유부단이라고 해도 좋겠지만)이 위대한 천재의 뚜렷한 특징이라고 주장하는 것은 아니다. 그러나 많은 위대한 천재들은 결론을 내리기를 매우 꺼렸다고 생각한다. 그리고 어떤 문제를 잘 제시하는 것과 그 문제가 사전에 해결되었다고 가정하는 것은 별개라고 믿는다.

마지못해 나는 여기에 '문제'라는 말을 쓴다. 솔직히 말한다면, 예술에는 문제 같은 것은 없다. 예술 작품이 그 문제의 충분한 해결인 것이다.

만약에 '문제'를 '드라마'라는 의미로 해석한다면, 이 작품이 말하는 것은, 내 주인공의 영혼 속에서 연출된 것이긴 하지만, 그래도 그의 기이한 모험 속에 가둬 버리기에는 너무나 일반적인 것이다. 나는 이 '문제'를 내가 만들어 낸 것이라고 주장하지는 않는다. 그것은 내 작품보다 먼저 존재하고 있었다. 미셸이 이기든 지든, 그 '문제'는 계속 존재할 것이며, 작가는 승리도 패배도, 기정사실로 제시하지는 않는다.

만일 몇몇 뛰어난 사람들이 이 드라마 속에서 단지 한 기이한 사례의 보고서만을 보고, 또한 그 주인공에게서 한 병

자만을 보며, 매우 절실하고 극히 일반적으로 흥미로운 어떤 사상들이 여기 내포되어 있다는 사실을 못 보았다면 그 과오는 이들 사상이나 이 드라마에 있는 게 아니라, 작가 자신에게 있는 것이다. 말하자면 작가가 이 작품 속에 자기의 모든 정열과 눈물과 온 정성을 쏟았다 하더라도, 그 과오는 작가의 서툰 솜씨에 있는 것이다. 그러나 작품의 실제 흥미와 하루살이 독자가 여기서 느끼는 흥미는 전혀 다른 것이다. 지나친 자만심만 없다면, 하찮은 이야기를 즐기는 일시적인 독자를 열광시키는 것보다는, 흥미로우면서도, 처음에는 아무런 흥미를 끌지 못할 위험이 있는 것을 사람들이 더 선호할 수 있다고 생각한다.

요컨대 나는 아무것도 증명하려고 하지 않았지만, 잘 묘사하고 나의 묘사를 분명하게 드러내도록 노력했다.

앙드레 지드

국무총리 D. R. 씨에게

시디 b. M.에서, 189X년 7월 30일

친애하는 형님, 그렇습니다. 형님 생각이 맞았습니다. 미셸은 우리에게 이야기해 주었습니다. 그가 우리에게 했던 이야기가 여기 있습니다. 형님은 그 이야기를 듣길 바라셨고, 저도 그러기로 약속했습니다. 그러나 막상 보내 드리려고 하니 저는 또다시 주저하게 됩니다. 그리고 다시 읽어 보면 볼수록 무서워지는 것 같습니다. 아! 우리 친구를 형님은 어떻게 생각하실는지? 그리고 나 자신은 그를 어떻게 생각하고 있을까요……? 겉으로는 잔인하게 보이는 능력을 선으로 향하게 할 수도 있다는 사실을 부정하고 단순히 그를 비난만 할 수 있을까요? 그러나 오늘날 이 이야기 속에서 자신의 모습을 발견할 사람들이 한둘이 아닐 것 같아 전 두려워집니다. 이만한 지성과 능력을 발휘할 수 있는 일자리를 찾아 줄 수 있을까요? 아니면 이 모든 것으로 인해 시민권이 거부될까요?

어떻게 하면 미셸이 국가에 봉사할 수 있을까요? 실은 저도 모르겠습니다……. 그에게는 무엇이든 일이 필요합니다. 형님의 수많은 위대한 공로에 걸맞은 높은 지위, 수중에 쥐고 계시는 권력으로 일을 찾아 주실 수는 없을까요? 서둘러 주십시오. 미셸은 헌신하고자 합니다. 아직은 그 상태를 유지하고 있습니다. 그러나 곧 자기 자신에 대해서만 헌신적이 될 것입니다.

전 이 편지를 맑고 푸른 하늘 아래서 쓰고 있습니다. 드니와 다니엘과 제가 여기 오고 열이틀 동안 구름 한 점 없었고, 하늘이 흐려진 적도 한 번 없습니다. 미셸은 두 달 내내 맑은 하늘이라고 말합니다.

전 슬프지도 즐겁지도 않습니다. 이곳의 대기는 대단히 막연한 흥분으로 사람들을 채워서 즐거움에서도 괴로움에서도 멀리 떨어져 있는 듯한 기분이 들게 합니다. 어쩌면 이것이 행복일지도 모르겠습니다.

우리는 미셸 곁에 있습니다. 그의 곁을 떠나고 싶지 않습니다. 이 글을 읽으면, 그 까닭을 알게 되실 겁니다. 그래서 우리는 여기, 그의 집에서 형님의 답장을 기다리고 있습니다. 급히 해 주시기 바랍니다.

아시다시피 중학교 동문인 우리의 우정은 전부터 각별했습니다만, 점점 더 깊어져서 드니와 다니엘과 저를 미셸에게 묶어 놓고 있었습니다. 우리 네 사람 사이에는 일종의 약속이 맺어져 있었습니다. 적어도 한 사람이 불러도 나머지 세 사람은 거기 응해야 한다고 말입니다. 그래서 미셸에게서 그 이상한 경고를 받자, 저는 곧 다니엘과 드니에게 알렸습니다. 그리고 세 사람 모두는 만사를 제쳐 두고, 출발했습니다.

우리는 삼 년 동안이나 미셸을 만나지 못했습니다. 그는 결혼을 했고 아내와 함께 여행을 떠났었습니다. 그리하여 그가 마지막으로 파리에 들렀을 때, 드니는 그리스에, 다니엘은 러시아에, 저는 아시다시피 병든 아버지 곁에 매어 있었습니다. 하기야 전혀 소식이 없었던 것은 아닙니다. 그러나 그를 다시 만났던 실라와 윌이 보내 온 소식은 우리를 놀라게 할 뿐이었습니다. 그의 마음속에서 우리가 그때까지 설명할 수 없었던 하나의 변화가 일어났습니다. 그는 이미 예전처럼 매우 박식한 청교도가 아니었습니다. 설득력 있었던 서툰 몸짓도, 종종 우리의 방종한 이야기를 쑥 들어가게 할 만큼 맑은 눈동자도 이미 찾아볼 수 없었습니다. 그것은…… 그러나 그의 이야기를 읽으면 아시게 될 것을 미리 말씀드릴 필요는 없겠지요.

그래서 저는 이 이야기를 드니와 다니엘과 제가 들은 대로 전해 드립니다. 미셸은 테라스에서 이 이야기를 했습니다. 우리는 그의 곁에서 어둠 속과 별빛 아래 누워 있었습니다. 이야기가 끝났을 때, 우리는 저 평원 위로 태양이 떠오르는 것을 보았습니다. 미셸의 집은 이 평야와 바로 가까이 있는 마을을 내려다보고 있습니다. 더위 탓에, 곡식을 모두 거두어 버린 이 평원은 마치 사막과도 같습니다.

미셸의 집은 초라하고 이상하긴 합니다만, 어딘지 매력이 있습니다. 겨울엔 추위로 고통을 받을 겁니다. 창문에 유리가 하나도 없으니까요. 아니, 차라리 창문이 전혀 없다고 하는 편이 맞겠군요. 벽에 커다란 구멍 몇 개가 뚫려 있을 뿐입니다. 날씨가 좋아서 우리는 밖에다 돗자리를 깔고 자며 지냅니다.

그리고 우리가 즐거운 여행을 했다는 것도 말씀드리고 싶군요. 도중에 알제와 콩스탕틴[2]에 잠시 들렀을 뿐으로 더위에

---

2 둘 다 알제리의 항구 도시.

는 질렸습니다만, 낯선 풍물에 도취된 채, 저녁 무렵 여기에 도착했습니다. 콩스탕틴에서는 새 열차를 타고 시디 b. M.까지 왔습니다. 마차가 기다리고 있었습니다. 길은 마을에서 멀리 떨어진 곳에서 끝이 납니다. 마을은 움브리아[3]의 어떤 마을처럼 바위산 꼭대기에 있습니다. 우리는 걸어서 올라갔습니다. 여행 가방은 노새 두 마리가 날라다 주었습니다. 이 길로 오면, 미셸의 집은 마을에서 첫 번째 집입니다. 낮은 담벼락으로 갇힌 정원이라기보다, 그저 울타리로 둘러싸인 마당에는 구부러진 석류 세 그루와 멋진 협죽도 한 그루가 자라고 있습니다. 거기 있던 카빌[4] 소년 하나가, 우리가 가까이 가자 훌쩍 담을 타 넘고 가 버렸습니다.

미셸은 반가운 기색도 없이 우리를 맞아 주었습니다. 무척 담담한 태도로, 애정을 드러내는 것을 두려워하는 듯했습니다. 그러나 문간에서 우선 그는 엄숙하게 우리 셋을 한 사람씩 포옹했습니다.

밤이 될 때까지 우리는 열 마디 말도 주고받지 않았습니다. 거의 극히 간소한 저녁 식사가 응접실에 준비되어 있었습니다. 그런데 우리는 그곳의 화려한 장식에 놀랐습니다. 하지만 미셸의 이야기를 읽으면 그 까닭을 차차 아실 수 있을 겁니다. 이윽고 그는 손수 커피를 끓여서 우리에게 권했습니다. 그러고 나서 우리는 끝없이 먼 데까지 바라볼 수 있는 테라스로 올라갔습니다. 그리고 우리 세 사람은 욥의 세 친구[5]처럼, 불

---

3   아드리아 해안에 있는 이탈리아의 한 지방.

4   알제리 산악 지방.

5   고난에 처한 욥을 위로하기 위해 모인, 성경 「욥기」에 나오는 친구들.

타오르는 평원 위로 홀연히 해가 지는 장관에 감탄하면서, 기다렸습니다.

밤이 되자 미셸은 이야기를 시작했습니다.

1부

1

　내 사랑하는 친구들, 나는 자네들이 성실한 친구임을 알고 있었어. 나의 부름에 자네들은 달려와 주었어. 마찬가지로 나 역시 자네들이 불렀다면 달려갔을 거야. 그렇지만 최근 삼 년 동안 자네들은 나를 만나지 못했어. 서로 만나지 못했어도 잘 참았던 자네들 우정으로, 이제부터 하려는 내 이야기도 잘 참고 들어 주기 바라네. 이렇게 갑자기 자네들을 불러서, 먼 내 집까지 여행을 하게 한 것은 실은 오로지 자네들과 만나서, 내 이야기를 들려주고 싶었기 때문이야. 나는 자네들에게 말하는 것 외에는 어떤 구원도 바라지 않아. 왜냐하면 나는 더 이상 앞으로 나갈 수 없는 내 인생의 어떤 지점에 놓여 있기 때문이야. 그렇다고 해서 그게 권태는 아니야. 하지만 난, 도무지 모르겠어. 내게 필요한 건…… 내게 필요한 건 말하는 거야. 자네들에게 말이야. 자신을 자유롭게 할 줄 아는 것은 아무것도 아니야. 어려운 건 바로, 자유로운 상태를 유지할 줄 아는 거야. 나에 대해서 말하는 것을 용서해 줘. 이제부터 나는 내 삶을 솔직하게 이야기할 거야. 겸양 떨지도 않고, 잘난 척하지도 않고, 나 자신에게 말하는 것보다 더 솔직하게 할게. 잘 들어줘.

우리가 마지막으로 만난 것은, 지금 생각해 보니, 앙제[6] 부근 내 결혼식을 치른 시골의 작은 교회에서였다. 참석자는 적었다. 하지만 훌륭한 친구들이 와 주어서 그 평범한 의식도 감명 깊은 것이 되었다. 나는 사람들이 감동하고 있는 것처럼 느꼈고, 그것이 또 나 자신을 감동시켰다. 교회를 나와서 우리는, 나의 아내가 된 사람 집에서 웃음소리도, 떠들썩한 이야기도 없이 간단한 식사를 함께했다. 그러고 나서 준비되어 있던 마차가 관습대로 우리를 데리고 갔다. 이 관습은 우리 마음속에서 결혼이라는 관념과 출발 플랫폼이라는 환영을 결합하는 것이다.

나는 아내에 대하여 아는 것이 거의 없었고, 그녀도 나를 모르기는 마찬가지였는데, 그 점을 별로 안타깝게 생각하지도 않았다. 나만 홀로 남겨 놓고 가는 것을 불안해하시던, 죽음이 임박한 아버지에게 큰 기쁨을 드리기 위해, 나는 별 애정도 없이 그녀와 결혼했다. 나는 진심으로 아버지를 사랑했다. 아버지 임종의 고통에 정신을 빼앗긴 나는 그 슬픈 순간에 다만 아버지의 최후를 편안하게 해 드리겠다는 생각밖에 없었다. 그렇게 나는 인생이 어떤 것인지도 모르는 채 나의 삶을 시작했다. 우리 약혼은 임종의 머리맡에서 웃음도 없이 거행

---

6   프랑스 루아르 지방의 도시.

되었으나, 엄숙한 기쁨이 없었던 것은 아니다. 그만큼 그 일이 아버지께 드린 평안함은 컸다. 약혼녀를 사랑하지 않았다고 말했으나, 적어도 나는 그때까지 다른 여자를 사랑한 적은 없었다. 내게는 그것만으로도 우리 행복을 보장하기엔 충분하다고 생각되었다. 그리고 아직 나 자신조차 몰랐던 나는 모든 것을 그녀에게 바치고 있다고 믿었다. 그녀 부모님도 이미 돌아가셨고, 그녀는 두 남동생과 함께 살고 있었다. 그녀 이름은 마르슬린이었다. 그녀 나이는 겨우 스무 살이었고, 나는 그녀보다 네 살 위였다.

나는 그녀를 전혀 사랑하지 않았다고 말했다. 적어도 사람들이 사랑이라고 부르는 것을 그녀에게 조금도 느끼고 있지 않았다. 그러나 사랑을 자애라든가 일종의 연민, 요컨대 상당히 큰 존경이라는 의미로 해석한다면, 난 그녀를 사랑했다. 그녀는 가톨릭교인이었고, 나는 개신교인이다……. 그러나 나는 내가 거의 개신교인이 아니라고 믿었다! 신부는 나를 용납했고, 내 쪽에서도 신부를 받아들였다. 서로 불편함은 없었다.

내 아버지는 소위 '무신론자'였다. 적어도 나는 그렇게 추측했다. 아버지와 나, 둘 모두에게 있다고 확실히 믿은, 물리칠 수 없는 일종의 조심성으로, 나는 한 번도 아버지와 당신 신앙에 관해서 이야기해 본 적이 없었다. 위그노[7]인 어머니의 엄격한 가르침은 어머니의 아름다운 모습과 함께 내 마음속에서 서서히 사라졌다. 자네들도 알다시피 내가 어렸을 때 어머니가 돌아가셨다. 어릴 때 받은 최초의 교육이 얼마나 우리를 지배하는지, 또한 그것이 어떤 흔적을 마음속에 남기는

---

7   16~18세기 프랑스 칼뱅 파 개신교인의 총칭.

지 나는 그때까지 깨닫지 못했다. 어머니가 내게 남기신 일종의 준엄한 것에 대한 취향은 내 삶의 신조처럼 되어, 나는 그것을 온통 학문 연구에 쏟았다. 어머니를 여의었을 때 나는 열다섯 살이었다. 아버지는 나를 돌봐 주고 뒷바라지를 하고, 나를 가르치는 데 정성을 쏟았다. 그 당시 나는 이미 라틴어와 그리스어를 잘 알고 있었다. 나는 아버지 덕분에 히브리어, 산스크리트어를 빠르게 배웠고, 마지막으로 페르시아어와 아랍어를 배웠다. 스무 살 무렵에는 아버지의 일에 내가 감히 참여할 만큼 빨리 진보한 상태였다. 아버지는 나를 동료로 대하기를 좋아하셨고, 그 증거를 내게 보이려고 하셨다. 아버지의 이름으로 나온 『프리지아인의 신앙에 관한 연구』는 실은 내가 쓴 것이었다. 아버지는 약간만 훑어보았을 뿐이다. 그런데 아버지는 전에 없던 굉장한 찬사를 받았다. 아버지는 크게 기뻐하셨다. 나는 그와 같은 속임수가 성공하는 것을 보고 당황했다. 하지만 그때부터 나는 세상에 알려졌다. 일류 학자들도 나를 동료로 대해 주었다. 지금도 그 당시에 내가 받았던 갖가지 명예로운 대접을 생각하면 웃음이 나온다……. 그렇게 나는 폐허와 책 외에는 거의 아무것도 보지 않은 채, 그리고 인생에 대해서 아무것도 모르는 채 스물다섯 살이 되었다. 나는 연구에 비상한 정열을 쏟고 있었다. 나는 몇몇 친구들(자네들도 포함된)을 사랑했다. 그러나 나는 그들 자체보다도 오히려 우정을 사랑했다. 그들에 대한 내 헌신은 대단했지만, 그것은 고결함을 바라는 마음에서였다. 나는 내 마음속 아름다운 감정 하나하나를 사랑했다. 요컨대 나는 나 자신을 몰랐던 것처럼 친구들에 대해서도 몰랐다. 내가 현재와 다른 생활을 할 수도 있었다든지, 사람들이 다 다르게 살 수도 있었다든지 하는 생각은 단 한순간도 내 머리에 떠오른 적이 없었다.

아버지와 나는 간단한 물건들로 충분히 살 수 있었다. 둘 다 거의 돈을 쓰지 않았으므로 나는 스물다섯 살이 되기까지 우리가 부자라는 것도 몰랐다. 자주 생각했던 건 아니지만, 우리는 단지 먹고 살 정도만 가지고 있다고 생각했다. 그리고 아버지 곁에서 절약하는 습관이 붙어 있었으므로, 우리에게 훨씬 많은 재산이 있다는 것을 알았을 때 나는 거의 당황할 정도였다. 나는 그런 일에는 거의 신경을 쓰지 않았다. 그리하여 내 재산에 대해 좀 더 뚜렷이 의식한 것은, 내가 유일한 상속자가 된 아버지 사후가 아니라, 바로 결혼 재산 계약 때였다. 그리고 동시에 마르슬린에게는 거의 지참금이 없다는 것도 그때 알았다.

또 하나 내가 몰랐던 일 중에서 아마도 가장 중요한 것은 내 건강이 극히 좋지 않다는 사실이었다. 건강 문제에 큰 어려움이 없었던 내가 어떻게 그걸 알 수 있었겠는가? 나는 종종 감기에 걸렸으나 소홀히 넘겨 버리곤 했다. 너무나 평온한 내 생활은 나의 체력을 약하게 한 동시에 나를 보호해 주고 있었다. 반대로 마르슬린은 건강해 보였다. 그리고 그녀가 나보다 더 건강하다는 사실을 우리는 곧 알게 되었다.

결혼식 당일 밤은 파리에 있는 내 아파트에서 잤다. 거기에는 방이 두 개 준비되어 있었다. 파리에서는 꼭 필요한 물건을 사는 동안만 머물렀다. 그러고는 마르세유로 가서 거기서 곧 튀니스[8]로 가는 배를 탔다.

---

8 북아프리카. 튀니지의 수도.

긴급한 여러 걱정거리들, 너무나 갑작스럽게 닥친 여러 사건들로 인한 얼떨떨함, 부친상의 심한 충격 직후에 온 결혼식의 불가피한 감동, 그러한 모든 것으로 나는 기진맥진했다. 배를 타고서야 비로소 나는 피로를 느낄 수가 있었다. 그때까지는 연달아 일어나는 일들이 피로를 더하면서도 잊게 하고 있었던 것이다. 배를 타고서야 마침내 여유가 생기자 나는 차분히 생각할 수 있게 되었다. 그런 일은 생전 처음인 것 같았다.

또한 그때 처음으로, 나는 오랫동안 연구에서 떠나기로 마음먹었다. 그때까지 나는 자신에게 짧은 휴가밖에 허용하지 않았다. 하기야 어머니가 돌아가신 직후 아버지와 함께했던 스페인 여행은 한 달이나 계속되었다. 또한 독일 여행도 육 주나 걸렸다. 그 외에도 몇 번 더 있었다. 그러나 그건 모두가 연구를 위한 여행이었다. 아버지는 확고한 자기 연구 외에는 관심이 없었다. 그리고 나 역시 아버지를 따라가지 않을 때에는 늘 공부했다. 그런데 마르세유를 떠나자마자, 그라나다와 세비야[9]의 갖가지 추억, 보다 맑은 하늘과 보다 짙은 그림자, 축제와 웃음소리, 노래의 추억이 되살아났다. 우리가 바로 이것을 다시 보러 가는 것이라고 나는 생각했다. 나는 갑판에 올라가서 멀어져 가는 마르세유를 바라보았다.

그러다가 갑자기, 마르슬린을 좀 등한시했다는 사실을 깨달았다.

그녀는 갑판 앞쪽에 앉아 있었다. 나는 다가갔다. 그리고 정말이지 처음으로 그녀를 찬찬히 바라보았다.

마르슬린은 무척 아름다웠다. 자네들도 그건 알겠지. 그

---

9   이슬람 유적이 많은 스페인 남부 도시들.

녀를 만난 적이 있으니까. 나는 단번에 그 사실을 깨닫지 못했던 것을 마음속으로 자책했다. 나는 너무나 그녀를 잘 알아서, 그녀를 새로운 눈으로 볼 수가 없었다. 양쪽 집안은 늘 가까이 지내 왔다. 나는 그녀가 자라는 것을 보아 왔다. 그녀의 아름다움에는 익숙했다……. 처음으로 나는 깜짝 놀란 것이다. 그만큼이나 그 아름다움은 굉장하게 생각되었다.

그녀는 장식이 별로 없는 검은 밀짚모자 위에 커다란 베일을 드리우고 있었다. 그녀는 금발이었다. 그러나 가냘프게 보이지는 않았다. 둘이서 같이 고른, 한 벌로 된 스커트와 블라우스는 스코틀랜드 숄 천으로 만든 것이었다. 나는 상중이나 때문에 그녀까지 우울해지는 것을 원치 않았다.

그녀는 나의 시선을 느끼고 내 쪽으로 몸을 돌렸다……. 그때까지 나는 그녀 곁에 있으면서도 가식적인 호의만을 보여 주었을 뿐이었다. 일종의 냉정한 예의로 그럭저럭 애정을 대신하고 있었는데, 바로 그것이 그녀를 어느 정도 괴롭혔음을 나는 잘 알고 있었다. 그 순간 마르슬린은 내가 처음으로 전과는 다른 시선으로 자신을 바라보고 있다는 것을 느꼈던 것일까? 그녀 쪽에서도 나를 물끄러미 응시했다. 그러더니 매우 다정하게 나에게 미소 지었다. 나는 말없이 그녀 곁에 앉았다. 나는 그때까지 나를 위해, 아니면 적어도 내 뜻대로 살아왔었다. 나는 아내를 친구와는 또 다른 존재로 생각해 보지도 않은 채, 그리고 이 결합으로 나의 삶이 변할 수 있으리라는 사실을 명확하게 생각해 보지도 않은 채 결혼했던 것이다. 나는 이제야 마침내 독백이 끝났다는 것을 깨달았다.

갑판 위에는 우리 두 사람뿐이었다. 그녀는 이마를 내게로 내밀었다. 나는 다정하게 그녀를 꼭 껴안았다. 그녀는 두 눈을 들었다. 나는 그 눈꺼풀 위에 입을 맞추었으며, 그러자 갑자기 그 키스로 인해서 어떤 새로운 연민을 느꼈다. 그리하여 그 연민이 내 마음속을 너무나 격렬하게 가득 채워서, 나는 눈물을 걷잡을 수가 없었다.

"아니, 왜 그래요?" 하고 마르슬린이 말했다.

우리는 이야기를 시작했다. 매력적인 그녀의 이야기에 나는 황홀해졌다. 나는 나름대로 여자란 다소 어리석은 존재라고 생각하고 있었다. 그날 밤, 그녀 곁에서는 내가 오히려 서투르고 멍청해 보였다.

그러고 보니 나의 삶과 결합된 그녀에게도 그와 같이 자신의 고유하고 현실적인 삶이 있었던 것이다! 그 생각은 내게 중요해서 그날 밤에는 몇 번이나 잠이 깨었다. 그리고 나는 여러 번 내 간이침대 위에 일어나 앉아서, 아래쪽 다른 간이침대에서 자고 있는 마르슬린, 나의 아내를 들여다보았다.

다음 날 하늘은 눈부시게 빛났다. 바다도 거의 잔잔했다. 한가한 대화에서 서로 거북스러운 기분이 점점 풀렸다. 실질적인 결혼 생활이 시작되었다. 10월의 마지막 날 아침, 우리는 튀니스에 상륙했다.

나는 그곳에 며칠밖에 머물지 않을 작정이었다. 나의 어리석음을 자네들에게 고백하지만, 그 새로운 고장에서 내 흥미를 끄는 것이라고는 기껏해야 카르타고와 로마 시대 유적지 몇 군데, 즉 옥타브에게서 들은 팀가드[10]라든지 수스[11]의

---

10 알제리에 있는 로마 유적지.
11 튀니지 동해안 도시.

모자이크 건축이라든가, 특히 맨 먼저 구경하러 갈 작정이었던 엘디엠[12]의 원형 극장 정도밖에 없다고 생각했었다. 우선 수스로 가고, 그다음에 수스에서 역마차를 타야 했다. 나는 여기서 거기까지 가는 동안 내 마음을 사로잡을 만한 것이 아무것도 없기를 바랐다.

그러나 튀니스는 나를 대단히 놀라게 했다. 새로운 감각들을 접하자, 아직 쓰인 적이 없어서 그 모든 신비로운 젊음을 그대로 지니고 있던 나 자신 속 어느 부분, 즉 잠자던 능력이 움직이기 시작했다. 나는 재미있었다기보다는 오히려 놀랐고, 어리둥절했다. 특히 나를 기쁘게 해 준 것은 마르슬린이 즐거워하는 모습이었다.

그러나 내 피로는 날마다 점점 더해 갔다. 하지만 나는 피로에 굴복하는 것을 부끄럽다고 생각했다. 나는 기침을 했고, 가슴 위쪽에 이상한 통증을 느끼곤 했다. 우리가 남쪽으로 가면, 더위가 나를 회복해 줄 것이라고 나는 생각했다.

스팍스[13]로 가는 역마차는 저녁 8시에 수스를 출발하여, 밤 1시에 엘디엠을 통과한다. 우리는 좌석을 예약해 두었다. 불편한 고물 마차를 타게 되리라고 예상했다. 하지만 그 반대로 우리 좌석은 그런대로 편안했다. 하지만 그 추위……! 남쪽 지방의 따뜻한 기후만을 순진하게 믿고서, 두 사람 다 얇은 옷에다 숄 한 장밖에 안 가져왔다니? 수스를 출발하여 그 언덕 기슭을 벗어나자마자, 바람이 불기 시작했다. 바람은 들판 위로 휘몰아치고 윙윙거리며, 마차의 모든 문틈으로 새어

---

12 수스 남쪽 도시.

13 튀니지. 엘디엠 남쪽 도시.

들었다. 어떻게 해도 막을 도리가 없었다. 우리는 완전히 꽁꽁 얼어서 도착했다. 더구나 나는 마차의 동요와, 그보다 더 심하게 내 몸을 흔드는 맹렬한 기침 때문에 지칠 대로 지치고 말았다. 지독한 밤이었다! 엘디엠에 도착했으나 여관 하나 없었다. 그 대신 형편없는 오두막이 한 채 있을 뿐이었다. 어떻게 할까? 마차는 이미 떠나 버렸다. 마을은 잠들어 있었다. 끝없이 크게 보이는 밤의 어둠 속에 폐허의 시커먼 그림자가 어렴풋이 기분 나쁘게 드러나 있었다. 개들이 짖고 있었다. 우리는 초라한 침대가 두 개 놓여 있는 흙내 나는 방으로 들어갔다. 마르슬린은 추위로 떨었지만, 적어도 거기까지는 바람이 들어오지 않았다.

이튿날은 음산했다. 우리는 밖으로 나가 보고, 하늘이 온통 회색빛인 데에 놀랐다. 여전히 바람이 불고 있었지만, 전날처럼 심하지는 않았다. 역마차는 저녁때나 되어야만 다시 지나갈 것이었⋯⋯. 사실 그날은 우울한 날이었다. 원형 극장도 잠시 동안 돌아보았으나 실망했다. 그 음울한 하늘 아래서는 추해 보이기조차 했다. 아마도 내 피로가 권태를 조장하고 가중했는지도 모른다. 지루한 나머지 점심때쯤 다시 가서, 돌위에 새긴 글씨라도 없나 하고 찾아보았으나 헛수고였다. 마르슬린은 바람을 피해서 마침 가지고 왔던 영어 책을 읽고 있었다. 나는 그녀 곁으로 돌아가서 앉았다.

"참 음산한 날씨야! 당신, 너무 지루하지 않아?" 하고 나는 그녀에게 말했다.

"아니, 보다시피 책을 읽고 있는데, 뭘."

"우리가 여긴 뭣 하러 왔을까? 그래도 당신은 춥지 않나봐."

"그렇게 춥진 않아요. 한데 당신은? 어머나! 너무 창백해."

"뭐, 괜찮아……."

밤이 되자 다시 바람이 심해졌다……. 마침내 역마차가 왔다. 우리는 다시 출발했다.

마차가 흔들리기 시작하자 나는 참을 수 없을 만큼 고통스러워졌다. 마르슬린은 지친 나머지 내 어깨에 기댄 채 곧 잠이 들었다. 혹시 내 기침 소리에 잠이 깨지나 않을까 하고 나는 살그머니 몸을 빼어 그녀를 마차 벽에 기대게 해 주었다. 그러자 겨우 기침이 멎었으나 그 대신 가래가 나왔다. 처음 있는 일이었다. 나는 별로 애쓰지 않고서도 가래를 뱉었다. 그것은 일정한 사이를 두고 조금씩 조금씩 나왔다. 하도 이상한 느낌이어서 처음에는 거의 재미있을 정도였다. 그러나 그전까지 경험해 보지 못한 뒷맛에 그만 가슴이 메슥메슥해졌다. 내 손수건은 당장 못 쓰게 되었다. 벌써 손가락 사이에도 가래가 가득 괴어 있었다. 마르슬린을 깨울까……? 다행히 그녀가 허리에 차고 있던 커다란 비단 스카프 생각이 났다. 나는 살그머니 그것을 빼냈다. 이제 내가 더 이상 억제할 수 없게 된 가래가 더 많이 쏟아져 나왔다. 그러나 이상하게 가슴이 편해졌다. 이것이 감기의 끝이라고 생각했다. 갑자기 나는 매우 허약해졌음을 느꼈다. 모든 것이 빙글빙글 돌기 시작했고, 몸 상태가 악화되는 것이 느껴졌다. 그녀를 깨워 볼까……? 아! 그만두자……!(나는 청교도였던 어릴 적부터 허약함 탓에 모든 것을 포기하는 것을 증오해 왔다고 생각한다. 나는 그런 행동을 비겁이라고 부른다.) 나는 정신을 차리고, 꾹 참아, 마침내 현기증을 이겨 냈다……. 다시 바다 위에 떠 있는 것 같았고, 마차 바퀴 소리는 파도 소리가 되었다……. 그러나 가래는 사라졌다.

그러고 나서 나는 일종의 잠 속으로 빠져들었다.

눈을 떴을 때 하늘은 이미 새벽빛으로 차 있었다. 마르슬
린은 아직 자고 있었다. 우리들은 몸을 바싹 붙이고 있었다.
손에 쥐고 있던 비단 스카프는 어두운 색이어서 처음에는 아
무것도 보이지 않았다. 그러나 내 손수건을 꺼냈을 때, 나는
그것이 피투성이인 것을 보고 망연자실했다.

맨 먼저 생각한 것은 이 피를 마르슬린에게 숨기는 것이
었다. 하지만 어떻게? ─ 나는 온통 피투성이였다. 이제 보니
사방에 핏자국이었다. 특히 내 손가락들에……. ─ 코피를 쏟
았을 수도 있다……. 그렇지, 그녀가 묻거든 코피를 쏟았다고
말하자.

마르슬린은 여전히 자고 있었다. 이윽고 다 왔다. 그녀는
먼저 내려야 했으므로 아무것도 보지 못했다. 거기에는 방이
두 개 예약돼 있었다. 나는 내 방에 뛰어 들어가서 피를 씻어
낼 수 있었다. 마르슬린은 아무것도 못 보았다.

그러나 나는 무척 몸이 쇠약해졌음을 느꼈으므로 우리
두 사람 몫의 차를 가져오게 했다. 그리고 그녀 자신도 약간
창백해지긴 했으나 조용히 미소를 띠면서 차 준비를 하는 동
안, 나는 그녀가 아무것도 보지 못했다는 사실에 어떤 초조감
을 느꼈다. 사실 내 잘못이라고 생각했다. 그녀가 아무것도 보
지 못한 것은 내가 잘 숨겼기 때문이다. 상관없어. 아무 일도
없다. 그 일은 내 마음속에서 본능처럼 커져서 나를 사로잡았
다……. 마침내는 너무나 막강해졌다. 나는 더 이상 견뎌 낼
수가 없었다. 그래서 나는 무심결인 듯이 그녀에게 말했다.

"어젯밤에 피를 토했어."

그녀는 소리도 지르지 않았다. 다만 창백해져서 비틀거리며, 버티려고 안간힘을 쓰는 듯하더니, 그대로 방바닥에 털썩 쓰러졌다.

나는 정신없이 그녀에게 달려들었다. "마르슬린! 마르슬린!" — 저런! 내가 왜 그랬지! 병자가 '나' 혼자인 걸로는 부족하단 말인가! — 그러나 아까도 말한 것처럼, 나는 무척 쇠약해져 있었다. 자칫하면 내가 쓰러질 지경이었다. 나는 문을 열고 사람을 불렀다. 누군가가 달려와 주었다.

내 가방 속에, 그 도시에 사는 어느 장교 앞으로 쓰인 소개장이 들어 있다는 생각이 났다. 그래서 그 소개장을 이용하여 군의관을 데리러 보냈다.

그러는 동안 마르슬린은 원기를 회복했다. 이제 그녀는 내가 열로 떨면서 누워 있는 침대 머리맡에 있었다. 군의관이 와서 두 사람 다 진찰했다. 마르슬린은 아무렇지도 않다, 쓰러진 것도 별 영향은 없다고 군의관은 단언했다. 그러나 나는 심각한 상태였다. 그는 진단 결과를 분명히 말하려고도 하지 않았다. 그리고 저녁 전에 다시 한 번 오겠다고 약속하고 돌아갔다.

군의관은 다시 와서 내게 웃어 보이며, 말을 걸고 여러 가지 약을 주었다. 나는 그것이 최후의 선고라는 것을 깨달았다. 그때의 기분을 솔직하게 말해 볼까? 나는 그다지 놀라지도 않았다. 나는 지친 상태였다. 그저 될 대로 되라는 기분이었다. '결국 인생은 내게 무엇을 줬는가? 나는 끝까지 열심히 공부했다. 용감하게, 성심껏 나의 의무를 다했다. 그 밖의 것은…… 아! 나와 무슨 상관인가?' 나는 그렇게 생각하고 자신의 극기주의를 충분히 훌륭한 것이라 여겼다. 그러나 내가 참을 수 없었던 것은 방의 누추함이었다. '이 호텔 방은 끔찍하군.' 그리고 나는 방 안을 살펴보았다. 그러자 갑자기 그와 똑같은 옆방에 아내인 마르슬린이 있다는 생각이 났다. 그녀의 말소리가 들렸다. 의사는 아직 돌아가지 않았다. 그는 아내와 이야기를 하고 있었다. 그는 애써 낮은 소리로 말하고 있었다. 시간이 조금 지났다. 나는 잠이 들었던 모양이다······.

눈을 뜨니까 마르슬린이 곁에 있었다. 그녀가 울었다는 것을 알 수 있었다. 나는 인생을 그다지 사랑하지 않았으므로 나 자신을 별로 가엾게 생각하지는 않았다. 그러나 방의 누추함은 참을 수 없었다. 나의 눈은 거의 관능적으로 그녀로 향했다.

그녀는 이제 내 곁에서 편지를 쓰고 있었다. 그 자태가 아름다워 보였다. 나는 그녀가 편지 몇 통을 봉하는 것을 보았다. 그러고 나서 그녀가 일어서더니, 내 침대에 다가와 다정하게 내 손을 잡았다.

"지금은 좀 어때?" 하고 그녀가 물었다. 나는 미소 지으면서 쓸쓸히 말했다.

"난 나을까?" 그러나 그녀는 서슴지 않고 대답했다.

"낫고말고!" 그 말투에는 정열적인 확신이 깃들어 있었으므로 나 자신도 그런 기분이 되어서 생명이란 어떤 것인가, 그녀 사랑이 얼마나 깊은가를 희미하게나마 알게 된 듯했고, 말할 수 없이 감동적인 아름다움이 어렴풋이 눈에 보였다. 그러자 눈에서 눈물이 솟아나왔다. 그것을 막을 수도 없었고 또한 막으려 하지도 않은 채 나는 오랫동안 울었다.

내가 수스를 떠날 때까지 그녀는 그 얼마나 지극한 사랑으로 나를 돌봐 주었던가. 얼마나 상냥하게 보살펴 주고, 보호하고, 도와주고, 밤새 간호해 주면서…… 수스에서 튀니스로, 튀니스에서 콩스탕틴으로 가는 동안, 마르슬린은 정말 훌륭했다. 비스크라[14]에서 나는 나을 것이다. 그녀 믿음은 확고부동했다. 그녀의 열성은 잠시도 식지 않았다. 그녀는 모든 준비를 하고, 출발 지시를 하고 숙소 예약도 해 주었다. 그러나아! 그녀가 그 여행을 좀 덜 고통스럽게 할 수는 없었다. 나는 몇 번이나 멈추고, 이젠 끝이라고 생각했다. 나는 빈사 상태에 빠진 사람처럼 땀을 흘리고, 숨이 막히고, 가끔 정신을 잃었다. 사흘째 되던 날 밤, 나는 다 죽게 되어 가지고 비스크라에 도착했다.

2

도착한 처음 며칠 동안의 일을 어떻게 말할 수 있겠는가? 무엇이 기억에 남아 있겠는가? 그 당시 끔찍한 추억에는 할 말이 없다. 나는 이미 내가 누구인지, 어디 있는지도 몰랐다. 지금 눈에 떠오르는 것은 내 생명과도 같은 아내 마르슬린이 내가 죽어 가는 베갯머리를 들여다보고 있는 모습뿐이다. 확실히 그녀의 지극한 보살핌, 그녀의 사랑만이 나를 살려 주었던 것을 나는 안다. 드디어 어느 날, 표류하던 선원이 육지를 발견한 것처럼 나는 생명의 가냘픈 빛이 다시 나타나는 것을 느꼈다. 나는 마르슬린에게 미소를 지어 보일 수 있었다. 이 모든 것을 왜 이야기하는가? 중요한 것은, 이른바 죽음이 그

14　알제리의 오아시스로 유명한 도시.

날개로 나를 건드렸다는 사실이다. 중요한 것은, 내가 살아 있다는 것이 내게 있어서 매우 놀라운 일이 되었다는 사실이며, 내게 있어 생명이 뜻밖의 빛을 띠게 되었다는 사실이다. 전에는 나 자신이 살아 있다는 사실을 깨닫지 못했던 것이라고 나는 생각했다. 나는 생명을 발견하고 가슴이 두근거리는 것을 느꼈다.

내가 일어날 수 있는 날이 왔다. 나는 우리들의 집에 완전히 매혹되었다. 그저 테라스 하나에 지나지 않았지만, 놀라운 장소였다! 내 방과 마르슬린의 방은 그곳을 향하고 있었다. 테라스는 지붕 위까지 이어지고 있었다. 그 가장 높은 곳에 올라가면, 인가 너머로 종려나무들이 보이고, 종려나무 너머로 사막이 보였다. 테라스 다른 쪽은 마을 공원에 접해 있었다. 늦게 핀 자귀나무들 가지가 거기에 그림자를 드리우고 있었다. 그 테라스는 종려나무 여섯 그루가 정연하게 심어진 말쑥한 작은 안뜰에 면했고, 테라스와 안뜰을 잇는 계단에서 비로소 그쳤다. 내 방은 널찍하고 바람이 잘 통했다. 하얗게 석회가 칠해진 벽에는 아무것도 걸려 있지 않았다. 작은 문으로 마르슬린의 방과 통했고, 커다란 유리문이 테라스를 향해 열려 있었다.

거기서는 시간도 모르는 채 날이 지나간다.[15] 그 몇 번이나, 나는 고독 속에서 느릿느릿 지나가는 하루를 지켜보곤 했던가……! 마르슬린은 내 곁에 있다. 책을 읽거나, 바느질을 하거나, 편지를 쓰거나 한다. 나는 아무것도 하지 않는다. 그

15   과거 일을 마치 현재 눈앞에서 보듯이 묘사함으로써 생동감을 더하는 역사적 현재 시제임.

녀를 바라본다. 아, 마르슐린······! 나는 바라본다. 나는 태양을 본다. 그림자를 본다. 그림자의 선이 움직이는 것을 본다. 생각할 것이 거의 없으므로 그런 것을 지켜보고 있다. 나는 아직도 매우 쇠약하다. 숨쉬기가 힘이 든다. 무엇을 하든지 피로하다. 책을 읽는 것조차도. 도대체 무엇을 읽자는 것인가? 살아 있다는 것으로 내겐 충분하다.

어느 날 아침, 마르슐린은 웃으며 들어온다.

"당신에게 친구를 데리고 왔어." 하고 말한다. 보니 그녀 뒤에 갈색 얼굴의 한 아랍 소년이 들어온다. 바시르라는 소년으로, 조용하고 커다란 눈으로 나를 가만히 바라보고 있다. 나는 오히려 약간 성가시다. 그리고 그러한 기분이 벌써 나를 피곤하게 한다. 나는 한 마디도 하지 않은 채 불쾌한 표정을 짓고 있다. 소년은 이러한 쌀쌀한 대접에 어리둥절해서 마르슐린 쪽을 돌아본다. 그리고 동물처럼 귀엽고 맵시 있는 몸짓으로 그녀 곁에 웅크리고 앉아서, 그녀 손을 잡고 바싹 달라붙는데, 양팔이 다 드러난다. 나는 그가 얇은 흰색 강두라[16]와 천조각으로 기운 뷔르누[17] 속에는 맨몸인 채라는 것을 안다.

"자아! 거기 앉아." 내가 귀찮아하는 것을 보고 마르슐린이 말한다. "얌전하게 노는 거야."

소년은 땅바닥에 앉아서 뷔르누 두건 속에서 나이프와 나무 투창 조각을 꺼내더니 거기다 칼질을 시작한다. 호각을 만들려는 모양이다.

---

16 아랍인의 소매 없는 옷.
17 아랍인의 두건 달린 외투.

잠시 후 나는 그가 있다는 사실이 더 이상 신경 쓰이지 않는다. 나는 그를 바라본다. 그는 자기가 있는 곳을 잊어버린 모양이다. 맨발이다. 발목이 예쁘다. 그리고 손목도. 그는 신통찮은 칼을 재미있는 솜씨로 다루고 있다……. 사실 내가 그 일에 흥미를 가지게 될까……? 그의 머리는 아랍 식으로 깎여 있다. 술 장식 대신 구멍만 하나 뚫린 초라한 두건을 쓰고 있다. 강두라는 흘러내려서 귀여운 어깨를 드러내고 있다. 나는 그 어깨를 만져 보고 싶다. 나는 몸을 굽힌다. 그는 돌아보고 내게 미소 짓는다. 나는 호각을 보여 달라는 시늉을 한다. 나는 그것을 손에 쥐고 매우 감탄하는 체해 본다. 이제 그가 돌아가고 싶어 한다. 마르슬린은 그에게 과자를 주고 나는 2수[18]를 준다.

다음 날 나는 처음으로 무료함을 느낀다. 나는 기다린다. 무엇을 기다리는가? 나는 따분하고 불안하다. 마침내 더 이상 참을 수가 없다.

"오늘 아침에는 바시르가 안 와?"

"원한다면 찾아올게."

그녀는 나를 남겨 두고 내려간다. 그러나 곧 혼자서 돌아온다. 병 때문에 내 마음이 어떻게 된 것일까? 그녀가 바시르 없이 혼자 돌아온 것을 보자 울고 싶을 만큼 슬퍼진다.

"너무 늦었어."라고 그녀는 말한다. "학교가 파해서 아이들은 사방으로 흩어지고 말았어. 귀여운 애들이 있었어. 이젠, 모두 나를 아는 모양이야."

---

18   5상팀짜리 동전. 20수가 1프랑. 1프랑은 180원 정도. 2000년부터 유로 화를 사용하면서, 프랑화는 통용되지 않는다. 현재 1유로는 1200원 정도다.

"내일은 꼭 데려다주었으면 좋겠어."

다음 날, 바시르는 다시 왔다. 그저께처럼 앉아서 칼을 꺼내서 나무를 깎으려고 했다. 그러나 나무가 너무 단단해서 엄지손가락이 칼에 푹 찔리고 말았다. 나는 무서워서 오싹했다. 그러나 그는 웃으면서, 번쩍거리는 상처를 보이고는 피가 흐르는 것을 재미있어 하며 보았다. 웃으니까 새하얀 이가 보였다. 그는 즐거운 듯이 상처를 핥았다. 그 혀는 고양이 혀처럼 장밋빛이었다. 아아! 그는 얼마나 건강한가! 내가 그에게 반한 것은 이것이다. 건강이다. 이 작은 육체의 건강은 아름다웠다.

다음 날 그는 구슬을 가지고 왔다. 그는 내게 구슬치기를 시키려 했다. 마침 마르슬린은 집에 없었다. 있었으면 물론 못하게 했을 것이다. 나는 주저하며 바시르의 얼굴을 보았다. 소년은 내 팔을 잡고 손에 구슬을 쥐어 주며 억지로 시키려고 했다. 몸을 숙이니까 나는 무척 숨이 찼다. 하지만 그래도 하려고 했다. 결국 지쳐서 도저히 할 수 없게 되었다. 땀에 흠뻑 젖었다. 나는 구슬을 내던지고 의자에 털썩 주저앉았다. 바시르는 약간 불안해져서 나를 바라보고 있었다.

"아파요?" 하고 그는 다정하게 물었다. 목소리가 좋았다. 마르슬린이 돌아왔다.

"이 애를 데리고 가 줘." 하고 나는 그녀에게 말했다. "오늘 아침은 피곤해."

몇 시간 후 나는 피를 토했다. 테라스를 가까스로 걷고 있을 때였다. 마르슬린은 자기 방에서 일을 하고 있었다. 다행히 그녀는 아무것도 눈치채지 못했다. 나는 숨이 차기에 심호흡을 한 번 했었다. 그러자 갑자기 치밀어 올라왔다. 그리고 입

안 가득히 괴었다……. 그러나 그것은 이미 처음 각혈 때처럼 맑은 피가 아니었다. 크고 끔찍한 핏덩이였다. 나는 메슥메슥해서 그것을 땅에다 뱉었다.

나는 비틀거리면서 몇 발자국 걸었다. 나는 무서운 충격을 받았다. 몸이 떨렸다. 두려웠다. 울화가 치밀었다. 왜냐하면 여태까지 한 발 한 발 회복이 가까워지고 있다고, 이젠 회복을 기다리기만 하면 된다고 생각하고 있었기 때문이다. 이 참혹한 사건은 나를 도로 뒤로 내동댕이쳤다. 이상하게도 처음 각혈 때는 이만큼 충격을 받지 않았다. 생각해 보면 거의 태연했다. 그럼 지금 내 공포, 내 혐오감은 어디서 온 것일까? 그것은 아아! 내가 삶을 사랑하기 시작했기 때문이다.

나는 되돌아가서 몸을 구부리고 뱉은 것을 찾았다. 지푸라기 하나를 주워 핏덩이를 집어 올려 손수건 위에 놓았다. 노려보았다. 거의 시커멓고 지저분한 피였다. 어쩐지 찐득찐득하고 끔찍한 것이었다……. 나는 바시르의 새빨간 아름다운 피를 생각했다……. 그러자 별안간 어떤 욕망, 어떤 선망이 나를 붙잡았다. 여태까지 느낀 어떤 것보다도 격렬하고 절박한 그 무엇이 나를 붙들었다. 사는 거다! 살고 싶다. 나는 살고 싶다. 나는 이를 악물고, 주먹을 불끈 쥐고 미칠 듯이 몸부림치면서 살기 위한 노력에 몸과 마음을 집중했다.

나는 그 전날, T에게서 온 편지를 받았었다. 마르슬린의 걱정스러운 문의에 대한 답장으로, 의학상 충고가 잔뜩 씌어 있었다. T는 편지와 함께 대중적인 의학 팸플릿 몇 부와 좀 더 전문적인 책 한 권을 보내왔다. 책은 전문적인 것이었던 만큼 내게는 더욱 짐스럽게 느껴졌다. 처음에 나는 편지만은 대강대강 훑어보았으나 인쇄물은 거들떠보지도 않았다. 우선 그

팸플릿들은 어릴 때 억지로 주입했던 시시한 윤리 책과 비슷해서 호감이 가지 않았고, 모든 충고가 다 귀찮았기 때문이다. 게다가 그러한 '결핵 환자에 대한 충고'와 '결핵의 실제 요법'이 내 경우에 적용되리라고는 생각지도 않았다. 나는 자신이 결핵 환자라고 생각하지 않았다. 의식적으로 나는 나의 첫 각혈이 다른 원인 탓이라고 여겼다. 아니, 차라리 솔직히 말한다면 아무 원인도 없다고 여겼고, 그 생각을 피했으며, 거의 생각하지도 않았다. 그리고 나았다고는 할 수 없어도, 적어도 그에 가깝다고 생각했었다……. 나는 편지를 읽었다. 그리고 책과 팸플릿을 정신없이 읽었다. 그러자 별안간 나는, 놀랄 만큼 뚜렷하게, 자신을 제대로 치료하지 않았다는 것을 깨달았다. 여태까지 나는 실로 막연한 희망을 믿고 되는 대로 살았다. 갑자기 나의 생명이 공격받고 있는 것처럼, 그 중심이 지독하게 공격받고 있는 것처럼 보였다. 살아 있는 수많은 적이 내 몸속에 존재하고 있었다. 나는 그것에 귀를 기울였고, 몰래 살펴보았으며, 그것을 느꼈다. 싸우지 않고서는 적을 이겨 낼 수 없을 것이었다……. 그래서 나는 나 자신을 좀 더 분명히 납득시키려는 듯이 낮은 소리로 덧붙였다. 이것은 의지의 문제라고.

나는 전투 상태로 들어갔다.

해가 저물고 있었다. 나는 작전 계획을 세웠다. 당분간은 병을 고치기 위해서만 노력해야 했다. 내게 과해진 숙제는 나의 건강이었다. 내 몸에 유익한 것은 모두가 좋은 것이고 '선'이라고 불러야 하며, 치유에 불필요한 것은 모두 잊고, 배척해야 했다. 저녁 식사 전에 나는 심호흡을 할 것, 운동을 할 것, 영양 섭취를 할 것을 결심했다.

우리는 사방이 테라스로 둘러싸인 어떤 작은 정자 같은 곳에서 식사를 하곤 했다. 모든 것에서 떠나서 조용히 단둘이서 하는 단란한 식사는 즐거웠다. 근처 호텔에서 늙은 흑인이 그런대로 먹을 만한 음식을 날라 오곤 했다. 마르슬린은 메뉴에 신경을 써 가며, 요리를 주문하기도 하고 거절하기도 했다……. 나는 언제나 별로 배가 고프지 않았으므로 엉터리 같은 요리도, 불충분한 메뉴도 그다지 고통스럽지는 않았다. 마르슬린 자신도 많이 먹지 않는 습관이 있었으므로 나의 식사가 충분치 않다는 것을 알지도 못했고 깨닫지도 못했다. 많이 먹는다는 게 나의 모든 결심 중에서 제일 중요한 것이었다. 나는 그날 밤부터 당장 실행할 작정이었다. 그런데 그럴 수 없었다. 먹을 수 없는, 뭔지도 모를 새고기 스튜와 어처구니없이 바싹 구운 고기였다.

너무도 화가 나서 나는 마르슬린에게 화풀이로 심한 말을 장황하게 퍼부었다. 나는 그녀를 나무랐다. 내 말대로 하자면, 그 식사의 질이 형편없는 데 대한 책임을 바로 그녀가 지지 않으면 안 될 것 같았다. 내가 결심한 식이요법이 약간 늦어진 것은 큰일이었다. 나는 어제까지의 일을 잊고 있었다. 이 엉터리 요리가 모든 것을 망쳤다. 나는 고집을 부렸다. 마르슬린은 무슨 파이나 통조림이라도 사러 시내로 내려가야만 했다.

그녀는 곧 고기를 넣은 작은 단지 하나를 사 가지고 돌아왔다. 나는 그것을 정신없이 거의 전부 먹었다. 많이 먹는 것이 얼마나 내게 필요한 것인가를 우리 두 사람에게 증명하려는 것처럼.

그날 밤, 우리는 다음과 같은 결정을 하였다. 식사는 훨씬 고급으로 할 것. 횟수도 늘여서 세 시간마다 먹고, 첫 번째 식사는 6시 반에 할 것. 여러 종류의 통조림을 많이 사서 호텔의 시원찮은 요리를 보완할 것……

그날 밤 나는 잘 수가 없었다. 그만큼 새로운 용기가 생겨날 것만 같은 예감에 도취되어 있었다. 아마 미열이 있었던 모양이다. 생수가 한 병 곁에 놓여 있었다. 나는 그것을 집어서 한 잔 마셨다. 또 한 잔 마셨다. 세 번째에는 병째 단숨에 마셔 버렸다. 나는 학과 복습을 하듯 의지를 다시 점검했다. 나는 나 자신의 전투를 알았고, 그 전투 대상은 모든 것이었다. 나는 모든 것과 싸워야만 했다. 나의 구원은 오직 나 자신에게만 달려 있었다.

마침내 밤이 사라지기 시작했다. 해가 떴다.

중대한 일을 준비하는 밤샘이었다.

다음 날은 일요일이었다. 고백하건대 나는 그때까지 마르슬린의 신앙에 대해 신경을 쓴 적이 없었다. 무관심 때문인지, 조심성 때문인지, 그것은 나와 상관없는 일 같았다. 그리고 중요하다고 생각하지도 않았다. 그날 마르슬린은 미사를 드리러 갔다. 그녀가 돌아오자 나는 그녀가 나를 위해 기도했다는 것을 알았다. 나는 그녀 얼굴을 물끄러미 바라보았다. 그리고 될 수 있는 대로 부드럽게 말했다.

"나를 위해 기도할 필요는 없어, 마르슬린."

"왜?" 그녀는 다소 당황해하며 물었다.

"난 보호를 좋아하지 않아."

"하나님의 도움도 거절할 거야?"

"나중에 내가 사의를 표해야 하니까. 그건 의무를 짊어지는 거야. 그런 건 싫어."

우리는 농담을 하는 체했으나 우리 말의 중대함에 대한

인식이 부족했던 것은 아니었다.

"당신 혼자서는 낫지 않아, 가엾어라." 그녀는 탄식하듯이 말했다.

"그래도 하는 수 없지……." 그리고 그녀의 슬픈 표정을 보고 약간 부드러운 말투로 덧붙였다.

"당신이 날 도와주겠지."

3

좀 더 내 몸에 대한 얘기를 하겠다. 너무 그 얘기만 하니까 처음에는 자네들도 내가 정신 방면은 잊어버린 게 아닌가 하고 생각할지도 모르겠다. 이 이야기에서는 의도적인 불균형이지만, 그때는 사실이 그랬다. 이중생활에 견딜 만한 힘이 내게는 없었다. 정신과 그 밖의 것은 좀 더 나중에 건강이 좋아지고 난 후에 고려하자, 그렇게 생각했다.

나는 아직도 회복 단계까지는 가지 못했다. 자칫하면 땀을 흘리고 자칫하면 한기를 느꼈다. 루소의 말처럼 나는 "가쁜 숨"이었다. 가끔 미열이 났다. 때때로 아침부터 무섭게 피로를 느낄 때도 있었다. 그런 때는 팔걸이의자에 힘없이 앉아서 모든 일에 신경을 끄고, 자신만을 생각하며, 다만 편안하게 호흡하려고만 애썼다. 나는 조심조심 규칙적으로, 힘겹게 숨을 쉬었다. 내쉬는 숨은 불규칙하게 두 갈래로 끊겨서 나왔다. 나의 강한 의지로도 전혀 억제할 수 없었다. 그 후에도 오랫동안 여간 주의하지 않고는 피할 수가 없었다.

그러나 내가 가장 애를 먹은 것은 기온 변화에 몸이 병적으로 민감한 것이었다. 지금 잘 생각해 보니까 전반적인 신경 장애가 병에 겹쳤던 것 같다. 그렇지 않다면 단순히 결핵 때문만은 아닌 듯한 일련의 현상을 설명할 수가 없다. 나는 언제나 너무 덥거나 너무 추웠다. 추워서 우스울 만큼 잔뜩 껴입으면 한기는 멈추지만 동시에 땀이 났다. 그래서 옷을 좀 벗으면, 땀이 멈추는가 싶다가는 곧 다시 덜덜 떨리기 시작했다. 땀이 흐르는데도 몸의 어떤 부분은 싸늘해져서 대리석같이 차가웠다. 그 부분을 다시 따뜻하게 할 수 있는 것은 아무것도 없었다. 추위를 잘 타기로 말하면, 얼굴을 씻을 때 물이 약간만 발에 튀어도 감기에 걸릴 정도였다. 더위를 타는 것도 마찬가지였다……. 이 민감성은 그 후로도 계속되어서 지금도 여전하다. 그러나 이제는, 나는 그것을 관능적으로 향락하고 있다. 극히 민감한 감각은 아무래도 신체 조직의 강약에 따라 기분 좋고 나쁨의 원인이 되는 모양이다. 전에 나를 괴롭히던 것이 이제는 모두 기분 좋은 것이 되어 있다.

그때까지는 어떻게 유리창을 닫은 채 잘 수 있었는지 나는 모르겠다. T의 권유에 따라 밤에 창을 열어 보았다. 처음에는 약간, 그러다가 이내 완전히 열어 젖혔다. 곧 그것은 습관이 되고 필요한 것이 되어, 창문이 닫혀 있으면 갑갑할 정도였다. 이제는 밤바람과 달빛이 스며들어 오는 것이 얼마나 상쾌하게 느껴지는지 모르겠다…….

이 지지부진한 초기 회복기에서 어서 벗어나고 싶었다. 실제로 언제나 변치 않는 간호와 깨끗한 공기와 최고의 영양 섭취 덕분에 나는 몸이 차차 좋아졌다. 그때까지는 계단에서 숨이 차는 게 두려워서 테라스에서 밖으로 나올 용기가 나지 않았다. 1월 하순경에 마침내 나는 용기를 내어 공원으로 내려가 보았다.

마르슬린은 숄을 들고 따라왔다. 오후 3시였다. 이 지방에
는 종종 강한 바람이 불어서 사흘 전부터 나는 그 때문에 괴로
워했으나, 그 바람도 이제는 잠잠했다. 부드러운 대기가 감미
로웠다.

공원…… 그곳에는 자귀나무라고 불리는 매우 키가 큰 함
수초 가로수가 두 줄로 늘어서 있는데, 그늘이 드리운 훤히 넓
은 길이 그 공원을 가로지르고 있었다. 나무 그늘에는 벤치가
있었다. 폭보다 더 깊은 수로가 그 길을 따라 거의 똑바로 흐
르고 좀 더 작은 수로 몇 개가 나뉘어 공원을 가로질러서 식물
이 있는 곳으로 흘러 들어가 냇물을 대 주었다. 그 흐릿한 물
은 황토색, 장밋빛 또는 잿빛 진흙 색이었다. 외국인은 거의
없었다. 아랍인 몇 사람이 있을 뿐이었다. 서성거리던 그들이
그늘로 들어가면 그들의 흰 외투는 그늘 빛으로 물들었다.

그 이상한 그늘로 들어가자 나는 신기한 전율을 느꼈다.
나는 숄로 몸을 감쌌다. 그러나 불쾌한 기분은 조금도 들지 않
았다. 오히려 그 반대였다……. 우리는 벤치에 앉았다. 마르
슬린은 잠자코 있었다. 아랍인들이 지나갔다. 그리고 갑자기
아이들 한 떼가 나타났다. 마르슬린은 그 중 몇 아이를 알고
있어서 그들에게 손짓을 했다. 그들은 다가왔다. 그녀는 나에
게 그들 이름을 가르쳐 주었다. 서로 말을 주고받고, 웃다가
토라지더니, 간단한 놀이도 했다. 그러한 모든 일이 나는 약간
귀찮았다. 나는 또다시 언짢아졌다. 피로를 느끼고 땀이 배었
다. 그러나 솔직히 말해서 내가 성가시게 느낀 것은 아이들이
아니라 그녀였다. 그렇다, 약간이긴 하지만 나는 그녀가 있는
것이 거북했다. 만약에 내가 일어서면 그녀는 나를 따라올 것

이고, 내가 숄을 벗으면 그것을 들려고 할 것이고, 또 걸치려고 하면 "추워요?" 하고 말할 것이다. 그뿐 아니라 그녀 앞에서는 아이들에게 마음 놓고 말을 건넬 수도 없었다. 개중에는 그녀가 좋아하는 아이들이 있는 것을 알 수 있었다. 그러자 나는 그다지 그러고 싶지도 않으면서 고집을 부려서 다른 아이들에게 흥미를 보였다. "돌아가자." 하고 나는 그녀에게 말했다. 그리고 혼자서 공원에 다시 오겠다고 마음먹었다.

다음 날 10시쯤 그녀는 외출할 일이 생겼다. 나는 그 틈을 이용했다. 매일 아침 빠지지 않고 찾아오는 꼬마 바시르가 나의 숄을 들었다. 몸이 날 것 같았다. 마음도 가벼웠다. 가로수 길에는 거의 우리 둘뿐이었다. 나는 천천히 걷고, 잠깐 벤치에 앉았다가는 또다시 걷곤 했다. 바시르는 재잘거리면서 따라왔다. 개처럼 충실하고 온순했다. 나는 수로에서 여자들이 빨래하러 가는 장소까지 갔다. 개울 한가운데 넓적한 돌이 한 개 있었다. 그 위에서 한 여자아이가 엎드린 채 물 속을 들여다보며 손을 담그고는, 나뭇가지를 넣었다 꺼냈다 하고 있었다. 그 맨발은 물에 잠겨 있었던 모양이다. 흠뻑 젖어서 살색이 다른 곳보다 더 짙어 보였다. 바시르는 소녀에게 가까이 가서 말을 걸었다. 소녀는 뒤돌아보고 내게 미소 지으며 바시르에게 아랍어로 대답했다. "내 여동생입니다." 하고 바시르가 내게 말했다. 그리고 곧 어머니가 빨래하러 오기를 동생이 기다리고 있다고 설명해 주었다. 소녀 이름은 라드라였다. 아랍어로 '초록'이라는 뜻이었다. 그는 그 모든 것을 내가 감동할 정도로 귀엽고 맑은, 앳된 목소리로 말했다.

"동생이 2수만 달라고 해요." 하고 그는 덧붙였다.

나는 소녀에게 10수를 주었다. 그리고 돌아가려는데 어머니가 빨래하러 왔다. 넓은 이마에 푸른 문신을 한, 우람하고 건장한 여자였다. 빨래 광주리를 머리에 이고 있는 모습이 마치 제물을 이고 나르는 고대 그리스 여자들과 비슷했다. 그리고 그 여자들처럼 두르고 있는 흐릿한 청색 천은 허리께에서 불룩해졌다가 발까지 축 쳐져 있었다. 바시르를 보자마자 그녀는 심하게 꾸짖었다. 소년은 난폭하게 말대꾸를 했다. 게다가 소녀까지도 참견을 했다. 세 사람 사이에 맹렬한 입씨름이 시작되었다. 결국 바시르가 진 모양으로, 오늘 아침에는 어머니 심부름이 있다면서 슬픈 듯이 나에게 솔을 내밀었다. 그래서 나는 혼자 돌아가지 않으면 안 되었다.

스무 발짝도 못 가서 솔이 견딜 수 없이 무겁게 느껴졌다. 땀에 흠뻑 젖은 채로 맨 먼저 발견한 벤치에 앉았다. 아무 아이라도 지나가다가 이 짐을 들어 주었으면 했다. 그런데 곧 수단 사람처럼 검은 열네 살짜리 큰 아이가 왔다. 도무지 부끄러워하지 않고 자기 쪽에서 먼저 들어다 주겠다고 했다. 아슈르라는 이름이었다. 만일 애꾸눈이 아니었다면 틀림없이 아름답게 보였을 것이다. 그는 이야기하기를 좋아해서 이 개울이 어디서 흘러오는지를, 그리고 공원을 지나 오아시스 안으로 들어가서 그곳을 쭉 가로지른다는 사실을 나에게 가르쳐 주었다. 나는 피로도 잊고 그의 이야기에 귀를 기울였다. 바시르가 아무리 호감 가는 소년이라고 해도 이제는 벌써 너무나 잘 알고 있었다. 그래서 상대가 바뀌는 것도 반가웠다. 언젠가 혼자 공원에 와서 벤치에 앉아 반갑게 마주칠 우연한 기회를 기다려 보자고 결심하기까지 했다…….

한참 더 쉬다가 아슈르와 나는 우리 집 문 앞까지 왔다. 나는 그를 집 안으로 데리고 올라가고 싶었다. 그러나 마르슬린이 뭐라고 할지 몰라서 그만두었다.

그녀는 식당에서 아주 어린 아이를 돌보고 있었다. 무척 허약해 보이는 초라한 몰골의 아이여서 처음에 나는 연민보다도 혐오감을 느꼈다. 마르슬린은 다소 머뭇거리면서 나에게 말했다.

"가엾게도 이 앤 병이 들었어."

"설마 전염병은 아니겠지? 도대체 어떻게 된 거야?"

"아직 분명히는 모르겠어. 온몸이 여기저기 조금씩 아프대. 이 아이는 프랑스 말을 잘 몰라. 내일 바시르가 오면 통역을 시켜야겠어…… 지금 차를 좀 먹이는 중이야…….."

그리고 내가 잠자코 있으니까 변명하듯이 덧붙였다.

"나는 이 애를 벌써부터 알고 있었어. 그렇지만 여태 집에는 못 오게 했어. 당신이 피로해지거나, 자칫 불쾌해지거나 하면 안 될 것 같아서."

"아니 왜?" 하고 나는 큰 소리로 말했다. "당신만 좋다면 좋아하는 아이를 전부 불러와도 괜찮아!" 그리고 아슈르를 데리고 들어와도 됐을걸 하고 생각하자 그렇게 하지 않은 것에 약간 화가 났다.

그러는 동안 나는 아내를 지켜보았다. 그녀는 상냥한 엄마 같았다. 그녀의 극진한 애정으로 아이는 곧 원기를 회복해서 돌아갔다. 나는 산보 갔던 이야기를 했고, 왜 내가 혼자 가고 싶었는지 마르슬린에게 부드럽게 설명했다.

아직도 밤에는 몇 번씩이나 깜짝 놀라며 깨어 보면 몸이 싸늘하게 식었거나 땀에 흠뻑 젖어 있거나 했다. 그러나 그날 밤은 기분이 좋아서 거의 잠도 깨지 않았다. 다음 날 아침 나는 9시부터 외출 준비를 했다. 좋은 날씨였다. 피로도 깨끗이

가시고 힘도 빠지지 않아서 정말로 상쾌한 기분이, 오히려 즐거울 정도였다. 공기는 부드럽고 따뜻했다. 그러나 나는 숄을 가지고 갔다. 이것을 들어다 줄 사람과 사귈 구실을 만들기 위해서였다. 전에도 말한 것처럼 공원은 우리 집 테라스와 잇닿아 있었다. 그래서 나는 곧장 공원으로 들어갔다. 나는 황홀히 그 그늘 속으로 들어갔다. 공기는 밝게 빛났다. 잎보다도 훨씬 빨리 꽃이 피는 자귀나무들은 향기를 뿜고 있었다. 그렇지 않다면 이름 모를 상쾌한 향기는 사방에서 오는 것이었을까? 그 향기는 여러 감각을 통해서 몸에 스며들어 온 듯했고, 나를 흥분시켰다. 게다가 나의 호흡은 훨씬 더 편해졌다. 발걸음도 한층 가벼워졌다. 그러나 첫 번째 벤치를 발견하자 곧 거기 앉았다. 피로하다기보다 도취해서 멍해졌다. 나는 주변을 주의 깊게 살펴보았다. 그림자는 가볍게 움직이고 있었다. 땅으로 떨어지지 않고 살며시 그 위를 스치는 것 같았다. 아, 빛이여! 나는 귀를 기울였다. 무엇이 들렸는가? 아무것도 들리지 않았다. 아니, 모든 게 들렸다. 나는 그 하나하나에서 나오는 소리를 즐겼다. 나는 지금도 한 그루 작은 관목이 생각난다. 그 나무껍질은 멀리서는 묘하게 딱딱해 보였으므로 일어나 만져보지 않을 수 없었다. 나는 애무하듯 거기 손을 대었다. 황홀한 기분을 느꼈다. 지금도 생각난다…… 마침내 바로 그날 아침 나는 태어나려고 한 것이 아니었을까?

나는 내가 혼자라는 것을 잊고 있었다. 아무것도 기다리지 않았고, 시간도 잊었다. 그날까지 생각만 많이 했지 그렇듯 느끼는 일이 너무 적은 것 같았다. 그러다가 마침내 나는 이런 사실을 깨닫고 깜짝 놀랐다. 나의 감각도 사고와 마찬가지로 튼튼해진 것이었다.

나는 느끼는 일이 너무 적은 것 같았다고 말했다. 왜냐하면 내 유년 시절인 과거 밑바닥으로부터 마침내, 수많은 희미한 빛이, 잊어버렸던 수많은 감각이 되살아났기 때문이다. 자신의 감각 능력을 새롭게 의식함으로써 그 존재를 불완전하게나마 인식할 수 있었다. 그렇다. 그때부터 눈뜬 내 감각 능력은 나 자신의 역사를 발견하고 과거를 새로 세웠다. 나의 감각 능력은 살아 있었다! 그것은 살아 있었다! 결코 죽지 않았다. 심지어 연구에 몰두했던 저 몇 년 동안에도 영리하게 숨어서 살아 있었던 것이다.

나는 그날 아무도 만나지 않았다. 오히려 그것이 편했다. 나는 호주머니에서 마르세유를 출발한 이래 펼친 적이 없던 호메로스의 작은 책을 꺼내서 『오디세이아』의 세 문장을 다시 읽고 외웠다. 그리고 그 음률 속에서 충분한 양식을 발견하고 느긋하게 음미했다. 그러고는 책을 덮고 몸을 떨며 그대로 가만히 있었다. 몸속에는 이전에 생각할 수 없었던 생기가 넘치고 마음은 행복에 젖었다…….

4

한편 마르슬린은 드디어 내 건강이 회복된 것을 보고 기뻐하며, 며칠 전부터 오아시스에 있는 훌륭한 과수원 이야기를 내게 하고 있었다. 그녀는 바깥 공기와 산책을 좋아했다. 나의 병이 가져다준 한가한 시간이 있었으므로 오랫동안 산책을 나갔다가는 황홀해져서 돌아오곤 했다. 여태까지 그녀는 그런 이야기는 거의 하지 않았다. 그녀는 나로 하여금 자기를 따라가고 싶은 마음이 생기게 할 엄두를 내지 못했고, 또한 내가 맛볼 수 없게 된 기쁨을 얘기해서 내가 섭섭해하는 것을 보게 될까 봐 싫었던 것이다. 그러나 이제는 내가 낫기 시작했으므로 그녀는 산책의 매력으로 나를 완전히 회복시키려고 생각했다. 나도 산보하고 구경하는 데 다시 흥미를 갖기 시작했으므로 가 보자는 마음이 생겼다. 그리하여 이튿날부터 바로 우리는 함께 나갔다.

그녀는 앞장서서 여태까지 어떤 지방에서도 본 적이 없는 그런 괴상한 길로 들어갔다. 길은 상당히 높은 흙담 사이를 꼬불거리며 이어진다. 그 높은 흙담으로 경계된 정원 모양에 따라 길은 완만하게 꺾인다. 그렇게 구부러지는가 싶더니 도중에서 뚝 끊어진다. 입구에서부터 구부러져 길을 잃는다. 어디서 와서 어디로 가는지 도무지 모르게 된다. 냇물은 오솔길을 따라 담을 끼고 잔잔하게 흐른다. 담은 길바닥 흙, 즉 오아시스 전체의 흙과 같은 것이다. 이곳 흙은 장미색, 또는 연한 회색 진흙으로, 물이 스며들면 좀 짙어진다. 뜨거운 햇볕을 쬐면 갈라지고 열 때문에 딱딱해지지만, 소나기가 한 번만 오면 곧 물렁해져서 맨발 자국을 뚜렷이 남기는 유연한 찰흙이 된다. 담 너머로 종려나무들이 보였다. 우리가 다가가자 멧비둘기들이 날아갔다. 마르슬린은 나를 지켜보고 있었다.

나는 피로도 고통도 잊었다. 일종의 황홀경 속에서 소리 없는 기쁨, 관능과 육체의 흥분을 느끼면서 걸었다. 그때 미풍이 불어왔다. 모든 종려나무 가지가 일제히 흔들려, 제일 키 큰 것들도 휘어지는 것을 우리는 쳐다보았다. 이윽고 바람은 다시 잠잠해졌다. 그러자 담 뒤에서 피리 소리가 뚜렷이 들려 왔다. 담에 구멍이 뚫려 있었다. 우리는 그곳으로 들어갔다.

그곳은 빛과 그늘로 가득 차 있었고, 시간이 흐르지 않는 것 같은 조용한 장소였다. 고요함과 가벼운 바스락거림으로 차 있었다. 그것은 종려나무 뿌리를 적시고 나무에서 나무 사이로 흘러가는 물소리와 멧비둘기들의 은은한 울음소리와 아이가 불고 있는 피리 소리였다. 아이는 염소 떼를 지키고 있었다. 아이는 거의 발가벗은 채, 쓰러진 종려나무 둥치에 걸터앉아 있었다. 우리가 다가가도 태연했고, 달아나지도 않았으며, 다만 잠깐 피리 불던 손을 멈췄을 뿐이다.

나는 그 짧은 침묵 사이에 또 하나의 피리 소리가 멀리서 대답하고 있음을 알았다. 우리는 좀 더 앞으로 나아갔다. 그러자 마르슬린이 말했다.

"더 앞으로 가도 소용없어. 여기 과수원은 다 똑같아. 오아시스 끝에 가서나 겨우 조금 넓어질 정도예요……." 그녀는 숄을 땅 위에다 깔았다. "좀 쉬어요."

얼마 동안이나 우리는 거기 머물렀을까? 이젠 생각이 안 난다. 시간이 무슨 소용 있었는가? 마르슬린은 내 곁에 있었다. 나는 드러누워 그녀 무릎에다 머리를 얹었다. 아직 피리 소리가 흐르고 있었다. 가끔 멎었다가는 다시 들려왔다. 그리고 물소리……. 가끔 염소가 울었다. 나는 눈을 감았다. 이마 위에 마르슬린의 상쾌한 손이 놓이는 것을 느꼈다. 따가운 햇볕이 종려나무 잎 사이로 부드럽게 새어 드는 것을 알 수 있었다. 나는 아무 생각도 하지 않았다. 생각이 무슨 소용 있었는가? 나는 묘한 느낌을 맛보고 있었다…….

때때로 새로운 소리가 들렸다. 나는 눈을 떴다. 종려 잎을 스치는 미풍이었다. 바람은 우리 곁까지는 내려오지 않고 높은 종려나무 가지를 흔들 뿐이었다…….

이튿날 아침 나는 마르슬린과 함께 그 정원을 또 찾았다. 그날 저녁때는 혼자서 갔다. 피리를 불던 염소지기 소년이 거기 있었다. 나는 그에게 다가가서 말을 건넸다. 라시프라는, 이제 겨우 열두 살 난 잘생긴 소년이었다. 그는 자기 염소 이름을 가르쳐 주기도 하고, 거기 있는 수로들이 '세기아스'라고 불린다고 얘기해 주기도 했다. 그의 설명에 따르면 그 수로들의 물은 전부가 매일 계속해서 흐르는 것은 아니었다. 물은 아껴서 조금씩 배분되고 식물에다 수분을 공급하면 곧 되돌아갔다. 종려나무 뿌리마다 좁은 웅덩이가 하나씩 패어 있어 나무를 축이는 물이 괴어 있었다. 소년은 수문 장치를 움직이면서, 그 장치가 교묘하게 물을 조절하여 갈증이 심한 쪽으로 끌어간다고 내게 설명했다.

그다음 날, 나는 라시프의 형을 만났다. 그는 약간 나이가 많고 동생처럼 잘생기지 않았다. 이름은 라크미였다. 베인 묵은 가지의 자국이 줄기를 따라 사다리처럼 되어 있는 것을 발판 삼아 그는 꼭대기가 잘린 종려나무 제일 위까지 올라갔다. 이윽고 헐렁헐렁한 겉옷 아래로 금빛 살결을 드러내면서 날쌔게 내려왔다. 그는 꼭대기가 잘린 나무 위에서 호리병처럼 생긴 작은 흙 항아리를 들고 왔다. 아랍인들이 가장 좋아하는 달콤한 술을 빚는 종려나무 수액을 모으기 위해, 저 꼭대기 새로 벤 흠집 곁에 세워 놓은 것이었다. 라크미의 권유로 그것을 맛보았다. 그러나 그 시큼하고 떫은, 김빠진 듯한 맛은 내 입에는 맞지 않았다.

그다음 날부터 나는 더욱 멀리 나갔다. 나는 다른 여러 정원과 목동 들, 다른 염소들을 보았다. 마르슬린 말대로 정원은 모두가 비슷했지만, 각각 다른 점도 있었다.

가끔 마르슬린이 여전히 나를 따라왔다. 그러나 대개 과수원에 들어가자마자, 난 피로해서 여기 앉고 싶다, 당신은 좀 더 걷고 싶을 테니까 나를 기다릴 필요는 없다고 타일러서 그녀와 떨어지기 일쑤였다. 그렇게 해서 그녀는 나 없이 산보를 마치곤 했다. 나는 아이들 곁에 남아 있었다. 곧 나는 많은 아이들과 알게 되어 오랫동안 그들과 이야기를 주고받았다. 그들 놀이를 배우기도 하고, 내 쪽에서 다른 놀이를 가르쳐 주기도 하고, 또 '코르크 병마개 놀이'로 동전을 다 잃기도 했다. 어떤 아이들은 멀리까지 따라와서(나는 매일 산책 거리를 늘렸다.) 돌아오는 새 길을 가르쳐 주기도 하고, 망토와 숄 두 개를 가지고 갔을 때는 들어다 주기도 했다. 헤어지기 전에 나는 그들에게 잔돈을 나누어 주기도 했다. 때로는 계속 장난치면서 문 앞까지 따라오기도 했다. 마침내 집 안까지 들어올 때도 있었다.

그 후론 마르슬린 쪽에서도 자기대로 아이들을 데리고 왔다. 그녀는 학교에 다니는 아이들을 데리고 와서 공부하라고 일러 주었다. 학교가 끝나면 영리하고 얌전한 아이들이 찾아왔다. 내가 데리고 오는 아이들은 그 애들과는 딴판이었다. 그러나 놀이가 그들을 함께 맺어 주었다. 우리는 언제나 시럽과 과자를 준비해 두려고 신경을 썼다. 얼마 안 가서 부르지도 않은 애들까지 몰려오게 되었다. 나는 그 하나하나를 다 기억한다. 지금도 그 얼굴들이 눈앞에 선하다······.

1월 말에 날씨가 갑자기 나빠졌다. 찬바람이 불기 시작하자 곧 내 건강이 영향을 받았다. 오아시스와 시가지 사이에 있는 널찍한 땅은, 다시 내가 넘기 힘든 장소가 되었다. 그래서 다시 공원으로 만족할 수밖에 없었다. 그러더니 비가 왔다. 북쪽 지평선 전체와 이어진 산들을 눈으로 덮는 차가운 비였다.

나는 그 나쁜 기후 때문에 도져 가는 병과 악전고투를 계속하며, 울적한 나날을 불 곁에 앉아서 우울하게 보냈다. 침울한 나날. 책도 못 읽고 공부도 할 수 없었다. 조금만 힘을 쓰면 불쾌한 땀이 나왔다. 주의를 집중하면 피로에 지쳤다. 조심해서 호흡하지 않으면 곧 숨이 찼다.

그러한 울적한 날에는 아이들이 나의 유일한 낙이었다. 비가 오므로 가장 친한 애들만이 놀러 왔다. 그들 옷은 흠뻑 젖어 있었다. 그들은 불 앞에 둥글게 원을 그리며 둘러앉았다. 아무도 말 한 마디 없이 오랜 시간이 지나갔다. 나는 너무 피로하고 너무 고통스러워서 그들을 바라보는 일 외에는 아무것도 할 수가 없었다. 그러나 그들의 건강한 모습이 나를 치유해 주었다. 마르슬린이 귀여워하는 애들은 가냘프고 초라하고 너무 얌전했다. 나는 그녀와 그들에게 울화가 치밀어서 결국 그들을 쫓아내고 말았다. 솔직히 말해서 나는 그들이 두려웠다.

어느 날 아침 나는 나 자신에 대해서 이상한 것을 발견했다. 나는 아내가 좋아하는 아이들 중에서 내 비위에 거슬리지 않았던 (아마 잘생겼기 때문일 것이다.) 유일한 아이인 목티르와 함께 단둘이 내 방에 있었다. 그때까지 나는 그 아이를 그럭저럭 여겼다. 하지만 그의 빤짝이는 침울한 눈빛은 나의 호기심을 끌었다. 나는 자신도 잘 설명할 수 없는 어떤 호기심에 끌려 그의 행동을 감시하기 시작했다. 나는 양 팔꿈치로 벽난로를 짚고, 불 가까이 서서 책 한 권을 앞에 놓고 열중해서 읽는 체했으나, 등 뒤에 있는 아이의 행동이 거울에 비치는 것을

볼 수 있었다. 목티르는 관찰당하는 줄도 모르고 내가 독서에
정신이 팔렸다고 생각하는 모양이었다. 나는 그가 소리 없이
테이블로 다가가는 것을 보았다. 거기 바느질감 곁에 마르슬
린이 놓고 나간 작은 가위가 하나 있었다. 그는 살그머니 가위
를 집어서 재빨리 뷔르누 속에 슬쩍 집어넣었다. 내 심장은 한
동안 몹시 뛰었다. 그러나 아무리 신중히 생각해 봐도 내 마음
속에는 티끌만큼의 반감도 일어나지 않았다. 그뿐이 아니다!
그때 내 마음에 가득 찼던 감정이 환희 이외의 것이라고는 도
저히 생각할 수 없었다. 내 눈을 속일 만한 충분한 시간을 목
티르에게 주고 난 뒤, 나는 다시 그를 향해 아무 일도 없었다
는 듯이 말을 걸었다. 마르슬린은 그 아이를 무척 귀여워했다.
그러나 내가 그녀를 만났을 때, 목티르의 죄를 폭로하기보다
가위가 없어진 이유를 설명하기 위해 무언가 엉터리 같은 이
야기를 만들어 낸 것은, 그녀가 슬퍼할까 봐 걱정했기 때문은
아니라고 생각된다. 그날부터 목티르는 내가 가장 좋아하는
아이가 되었다.

5

　우리는 비스크라 체류를 더 이상 연장할 수 없게 되었다.
2월의 우기가 지나자 갑자기 더워졌다. 몇 날 며칠이고 소나
기가 퍼부어서 지겹게 생각하던 참에 어느 날 아침 눈을 떠 보
니 뜻밖에도 하늘은 새파랗게 개어 있었다. 일어나자마자 나
는 테라스 가장 높은 곳으로 뛰어 올라갔다. 하늘은 지평선 끝
에서 끝까지 맑게 개어 있었다. 내리쬐는 태양 아래 어느새 김

이 피어오르기 시작했다. 오아시스 전체가 김을 뿜고 있었다. 멀리서 와디[19]가 콸콸 넘쳐흐르는 소리가 들려왔다. 대기는 맑고 아름다워 금방 건강이 회복될 듯한 느낌이었다. 마르슬린이 왔다. 우리는 나가고 싶었으나 길이 질척거리기에 그날은 그만두었다.

며칠 뒤에 우리는 다시 라시프의 과수원을 찾았다. 나무 줄기들은 물기를 머금어 무겁고 부드러워 보였다. 오랫동안 물에 잠겨서 내가 아무런 기대도 하지 않았던 이 아프리카의 대지가 이제 겨울에서 깨어나 물에 도취되고, 새로운 생기로 빛나고 있었다. 대지는 봄의 요란한 웃음소리를 내고 있었다. 나는 그 반향이 나 자신 속에서 겹쳐 울려옴을 느꼈다. 처음에는 아슈르와 목티르가 우리를 따라왔다. 나는 다시금 하루에 반 프랑밖에 안 드는 그들의 자그마한 우정을 맛보고 있었다. 그러나 나 자신이 이미 그들의 건강을 본보기로 할 만큼 약하진 않았고, 그들의 놀이 속에서 내 기쁨에 필요한 양식을 발견할 수도 없게 되었으므로, 곧 그들에 대해 싫증이 나서 정신과 감각에 가득 찬 흥분을 마르슬린에게로 향했다. 그녀가 기뻐하는 모습을 보고 나는 여태까지 그녀가 쓸쓸하게 지내 왔다는 것을 깨달았다. 나는 어린애처럼, 종종 그녀를 내버려 두었던 일에 대해 변명을 하고 자신의 변덕스러운 성품을 몸이 약한 탓으로 돌리며, 여태까지는 사랑을 할 수 없을 만큼 지쳐 있었으나 앞으로는 건강과 더불어 애정도 더해 갈 것이 틀림없다고 단언했다. 진심이었다. 그러나 물론, 나는 아직 무척 쇠약했다. 왜냐하면 내가 마르슬린의 몸을 찾은 것은 그로부

19　비가 많이 올 때나 흐를 뿐, 보통은 물이 없는 강.

터 한 달 이상이 지난 뒤였으니까.

그동안 더위는 날로 더해 갔다. 어떤 것도 우리를 비스크라에 붙잡아 두지 못했다. 다만 나중에 나를 다시 그곳으로 가게 했던 그 매력은 예외였지만. 우리는 당장 출발할 결심을 했다. 짐은 세 시간 만에 꾸릴 수 있었다. 기차는 이튿날 새벽에 출발했다…….

마지막 밤이 생각난다. 거의 만월이었다. 활짝 열린 창문으로 달빛이 방 안 가득히 들어오고 있었다. 마르슬린은 자고 있었다고 생각한다. 나는 누웠으나 잠을 이룰 수 없었다. 일종의 기분 좋은 열로 몸이 후끈 달아오르는 느낌이었다. 이 열이 곧 생명인 것이다……. 나는 일어나서 손과 얼굴을 물에 적셨다. 그리고 유리문을 열고 밖으로 나갔다.

이미 밤은 깊었다. 아무 소리도 들리지 않았다. 살랑거리는 바람도 없었다. 대기 자체가 자고 있는 듯했다. 멀리서 아랍 개들이 자칼 떼처럼 밤새 날카롭게 울부짖는 소리가 겨우 들려올 따름이었다. 내 앞에는 조그만 안뜰이 있었다. 거기서 정면으로 보이는 담이 비스듬히 그림자를 던지고 있었다. 질서 있게 늘어선 종려나무는 이미 빛깔도 생기도 잃은 채 영원히 움직이지 않을 것 같았다……. 잠자는 모습에서도 생명의 고동은 느낄 수 있는 법이다. 그러나 거기서는 무엇 하나 잠자고 있는 것처럼 보이지 않았다. 모든 것이 죽은 것 같았다. 나는 그 정적이 무서워졌다. 그러자 갑자기, 나는 침묵 속에서 마치 항의하고, 확인하고, 탄식하기 위한 것처럼, 내 생명에 대한 비통한 감정에 다시 사로잡혔다. 너무나 과격하고 고통스러울 정도며 맹렬했기 때문에 만일 짐승처럼 울부짖을 수 있었다면 나도 소리를 질렀을 것이다. 지금도 기억하지만, 나는 내 손을, 오른손으로 왼손을 잡았다. 나는 그 손을 머리로 가지고 가려고 생각했다. 그리고 그대로 했다. 왜 그런 짓을 했을까? 자신이 살아 있다는 사실을 확인하고 싶었고, 그것을 놀라운 일로 생각하고 싶어서였다. 나는 내 이마와 눈꺼풀을 만졌다. 온몸에 전율이 흘렀다. 언젠가는 — 나는 생각했다. — 언젠가는 갈증을 풀기 위한 물조차 입으로 가져갈 힘도 없어질 때가 올 것이라고……. 나는 방으로 돌아왔으나 아직 잠자리에는 들지 않았다. 나는 그날 밤을 시간의 흐름 속에 정지시키고 그 추억을 마음속에 새겨서 소중하게 간직해 두고 싶었다. 무엇을 하려는 뚜렷한 생각도 없이 나는 테이블 위에 있던 책을 — 성경이었다. — 손에 들고 아무 데나 펼쳤다. 달빛 속에 몸을 굽혀서 읽을 수 있었다. 나는 그리스도가 베드로에게 한 그 말씀, 아! 슬프게도 결코 잊을 수 없었던 그 말씀을 읽었다. "지금은 네가 스스로 허리띠를 두르고 원하는 곳으로 다니거니와 늙어서는 네 팔을 벌리리니……."[20] 네 팔을 벌리리니…….

다음 날 새벽에 우리는 출발했다.

6

여행 도중 머문 곳을 일일이 이야기하지 않겠다. 희미한

---

20 「요한복음」 21장 18절 참조. 젊을 때 자유롭게 살던 베드로가 늙어서 때가 되면 손이 묶여 십자가에 못 박히는 형을 당하리라는 예언의 말씀.

기억밖에 없는 곳도 있다. 좋아졌다가 나빠졌다가 하는 내 건강은 여전히 싸늘한 바람을 만나면 흔들리고, 구름 그림자에도 두려워지곤 했으며, 신경 상태는 종종 장애를 일으키곤 했다. 그러나 적어도 폐는 나아 갔다. 재발할 때마다 앓는 기간은 보다 짧아졌고 병세는 보다 호전되었다. 병마의 공격은 여전히 맹렬했으나 내 몸은 그에 내해 한층 방비를 강화했다.

우리는 튀니스에서 몰타 섬으로 건너갔다가 시라쿠사[21]에 도착했다. 내가 그 언어와 과거를 잘 아는 고전적인 땅으로 돌아왔다. 병에 걸린 후부터 나는 성찰도 법칙도 없이 단순히 짐승이나 아이들처럼 사는 것에만 전념해 왔다. 이제 조금은 병으로부터 주의를 돌릴 수 있게 되자 나의 생명은 다시 자세를 바로잡아 뚜렷한 의식을 갖게 되었다. 그러한 오랜 죽음의 고통 뒤에도 전과 다름없는 자기가 되살아나서 곧 자신의 현재를 과거와 결부할 수 있다고 생각했다. 온통 새로운 것만 있는 낯선 땅에서는 그런 착각을 할 수 있었다. 그러나 거기서는 이미 그렇지 않았다. 모든 것이 내가 변했다는 사실을 나에게 가르쳐 주었고, 나는 그 사실에 한층 놀랐다.

시라쿠사에서나, 또한 더 먼 곳으로 나아감에 따라 나는 다시 내 연구를 시작하고 이전과 같이 과거의 면밀한 조사에 몰두하려고 생각했으나, 그때 무엇인가가, 나의 그 취미를 잃게 하지는 않았다고 해도, 최소한 변질시켜 버렸다는 것을 발견했다. 그것은 현재에 대한 감각이었다. 과거의 역사는 이제 나의 눈에, 비스크라의 작은 뜰에서 보았던 밤 그림자의 불변

---

21   이탈리아 시칠리아 섬 남동부 항구도시.

성, 그 끔찍한 부동성, 죽음의 부동성과 같은 것으로 보였다. 전에는 그 불변의 모습조차 좋아했다. 그것은 내 정신을 명료하게 했다. 역사상 모든 사실은 나에게 박물관 진열품처럼, 아니, 그보다도 표본집의 식물처럼 보였다. 바싹 마른 그 모습은 한때 그것이 태양 아래서 수액을 간직하며 싱싱하게 살아 있었다는 사실을 잊어버리게 했다. 지금 내가 아직도 역사에 흥미를 갖고 있는 것은 역사를 현재에다 놓고 상상하기 때문이었다. 그러므로 정치적인 대사건들보다는 내 마음속에 되살아나는 시인들이나 어떤 행동가들에 대한 감격이 더 나를 감동시켰다. 시라쿠사에서 나는 테오크리토스[22]를 다시 읽어 보았다. 그리고 아름다운 이름을 가진 그의 목동들은 내가 비스크라에서 사랑했었던 저 목동들이라고 생각했다.

발걸음을 옮길 때마다 표출되는 나의 박식(博識)은 나를 방해하고 나의 기쁨을 저해했다. 나는 고대 그리스의 극장과 신전 하나라도 즉시 머릿속에서 추상적으로 새로 지어 보아야만 했다. 고대 제전은 각각 제전이 행해지던 곳에 유적을 남겼으나, 그 유적을 보자 그 제전이 지금은 없어져 버렸다는 사실이 슬펐다. 나는 죽음이 두려웠다.

나는 폐허를 피하게 되었다. 과거의 가장 아름다운 기념물보다도 오렌지처럼 달고 시큼한 레몬이 열리는 라토미[23]라고 불리는 나지막한 동산과 프로세르피나[24]를 위해 눈물을 뿌렸던 그날과 다름없이 지금도 푸르게, 파피루스 수풀 사이

---

22 기원전 300년경 시라쿠사 출신의 그리스 시인.

23 채석장을 개조한 아테네인 포로의 감옥. 현재는 숲이 많고 아름다운 명소.

24 로마신화의 저승의 여왕. 그리스 신화의 페르세포네에 해당함.

를 흐르는 시아네[25] 강변을 더 좋아하게 되었다.

　나는 이전에 나의 자랑이었던 이 지식을 마음속으로 멸시하기에 이르렀다. 전에는 나의 전 생명이었던 이 연구도 이제 나와는 아주 우발적이고 인습적인 관계밖에 없는 것처럼 생각되었다. 나는 다른 나 자신을 발견했다. 아, 이 얼마나 기쁜 일인가! 나는 그런 연구와는 별개로 존재했다. 전문가로서의 나는 어리석어 보였다. 인간으로서의 나는 자신을 알고 있었던가? 나는 이제 겨우 태어났을 뿐이다. 그러나 어떤 인간으로 태어났는지 알 수가 없었다. 이것이야말로 내가 알아야 할 것이었다.

　죽을 것이라고 생각하는 사람에게 있어서 느린 회복기보다 더 비극적인 것은 없다. 죽음의 날개가 스친 뒤에는, 중요하게 보이던 일도 이미 그렇지 않게 된다. 중요하게 보이지 않던 것, 또는 존재하는지조차 몰랐던 것이 오히려 더 중요해진다. 우리 머릿속에 쌓여 있던 온갖 지식이 분칠처럼 벗어져 곳곳에서 맨살이, 숨어 있던 진정한 존재가 드러난다.

　이것이 바로 그때부터 내가 발견하려고 마음먹은 '인간'이었다. 참다운 인간, '옛사람'[26], 더 이상 복음서를 원치 않은 인간이었다. 내 주위 모든 것, 즉 많은 책과 스승과 부모, 그리고 심지어 나 자신조차도 처음에는 말살하려고 했던 인간이었다. 그리고 그 인간은 쓸데없는 짐을 너무 짊어진 덕분에 마멸되어 발견하기 힘들 것같이 보였으나, 그런 만큼 그 발견은

25　그리스 신화에 나오는 님프로 저승 왕이 여신 페르세포네를 납치하는 것을 보고 말리려고 하다가 노여움을 사서 남빛 샘물로 모습이 바뀌고 말았다. 시라쿠사에 시아네의 샘이라고 불리는 것이 있다.

26　그리스도를 믿기 이전의 사람을 지칭하는 사도 바울의 용어.

유익하고 장해 보였다. 그 후부터 나는 훈련되고, 교육으로 겉칠을 했을 뿐인 저 2차적인 존재를 경멸했다. 과중한 짐을 덜어 버리지 않으면 안 되었다.

그리고 나는 자신을 팔랭프세스트[27]에 비유했다. 나는 학자가, 같은 종이에서 최근 쓰인 글자 밑에 있는 그보다도 훨씬 귀중하고 매우 오래된 원문을 발견했을 때 느낄 법한 기쁨을 맛보았다. 그 숨겨져 있던 원문은 무엇이었을까? 그것을 읽기 위해서는 우선 최근에 쓴 글자를 지우는 게 급선무 아니었을까?

그리하여 나는 이미, 이전의 완고하고 편협한 나의 윤리관이 어울리던 병약한 노력가가 아니었다. 거기에는 회복기 이상의 그 무엇이 있었다. 생명의 확장과 재연(再燃)과 한층 더 풍요롭고 한층 더 뜨거운 피의 소용돌이가 있었다. 그것은 내 사상 하나하나와 접촉하고 모든 것에 스며들어, 내 육체의 말초에 숨겨져 있는 섬세한 신경까지 움직이고 장식했다. 사실 인간이란 건강하거나 약해지거나 거기에 익숙해지는 법이다. 인간은 자기 힘에 따라 자신을 만들어 간다. 그러나 그 힘은 키워야 한다. 더욱 많은 것을 할 수 있게 해야 한다. 그리고…… 하지만 이런 모든 생각을 그 당시에는 하지 않았다. 그러니까 이렇게 나 자신을 묘사하는 것은 자기 모습을 왜곡하는 셈이다. 솔직히 말하자면 나는 아무 생각도 하지 않았다. 아무것도 반성하지 않았다. 행운이 나를 이끌고 있었다. 너무도 성급한 시선이 나의 느릿느릿한 변화의 신비를 방해하지나 않을까 하고 나는 두려워했다. 지워진 글씨가 다시 나타나

27 씌어 있던 글자를 지우고 그 위에 다시 글자를 쓴 양피지.

려면 시간이 걸려야 했다. 억지로 만들려고 해서는 안 되었다. 그래서 나는 나의 머리를 내버려 두는 게 아니라, 쉽게 해 두고서는 나 자신이건 사물이건, 무엇이든 신성하다고 생각되는 모든 것에다 육감적으로 자신을 맡겼다. 우리는 벌써 시라쿠사를 출발하고 있었다. 그리고 타오르미나에서 라뮬[28]로 이어지는 낭떠러지 길을 달리면서, 내 속에 있는 것을 부르기 위해 이렇게 외쳤다. 새로운 존재! 새로운 존재!

그 당시 나의 유일한 노력, 끊임없는 노력은 오로지 내 과거의 교육과 최초의 윤리관에서 얻어졌다고 생각되는 모든 것을 의도적으로 멸시하거나 일소하는 일이었다. 내 지식에 대한 과감한 모욕과 학자 취미에 대한 모멸로 나는 아그리장트[29]구경을 그만두었다. 며칠 후, 나폴리로 가는 도중에 아직도 그리스가 숨 쉬고 있는 파이스툼[30]의 아름다운 신전에도 들르지 않았다. 그런데 그로부터 이 년 뒤, 나는 이름도 모르는 신에게 기도하러 그곳에 갔다.

이 비길 데 없는 노력에 관해서 어떻게 이야기하면 좋을까? 자신이 완전한 인간처럼 될 수 있다고 생각하지 않았다면 어떻게 스스로에게 흥미를 느낄 수 있었겠는가? 다만 막연하게 상상하던 이 미지의 완전을 지향하던 때만큼 내 의지가 흥분한 적은 없었다. 나는 그 의지 전부를 내 몸을 단련하고 햇볕에 그을리게 하는 데 쏟았다. 살레르노[31]근처에서 우

---

28 둘 다 시칠리아 섬 마을.

29 기원전 600년경 도리아인이 건설한 시칠리아 섬의 도시.

30 기원 전 7세기에서 5세기에 걸쳐 번창하고, 로마 신화의 해신 넵투누스의 신전이 있는 이탈리아 남부의 고도.

31 나폴리 남동쪽에 있는 도시.

리는 해안을 떠나 라벨로[32]에 갔다. 그곳의 한층 더 신선한 공기, 높고 낮은 갖가지 재미있게 생긴 바위들, 깊이를 알 수 없는 산골짜기 등이 나의 힘, 나의 기쁨을 더하고, 나의 열정을 더욱 부채질했다.

해안에서 멀다기보다 하늘에 가깝다고 하는 편이 더 적절한 라벨로는 가파른 언덕 위에 있었고, 저 멀리 파이스툼의 평평한 연안과 마주 보고 있었다. 그곳은 노르만 족이 지배하던 시절에는 제법 중요한 도시였다. 그러나 현재는 일개 한촌(寒村)에 지나지 않고 외국인도 우리들뿐인 듯했다. 옛 수도원이 지금은 호텔이 되어 우리를 재워 주었다. 바위 끝에 세워져 테라스와 마당이 창공으로 솟아오른 것 같았다. 포도 덩굴이 엉킨 담 저쪽으로 처음엔 바다밖에 안 보였다. 오솔길이라기보다 계단으로 이루어진, 라벨로와 해안 사이를 연결하는 경작된 산비탈을 따라가려면 담 곁으로 다가가야 했다. 라벨로 위쪽에는 산이 연이어 있었다. 감람나무, 커다란 카루바 나무,[33] 그 그늘에는 시클라멘, 좀 더 높은 곳에는 무수한 밤나무, 상쾌한 공기, 북부 지방 식물, 아래쪽 해안에는 레몬나무, 이러한 것들이 토지 경사에 따라 작은 경작지를 이루고 늘어서 있다. 거의가 비슷한 계단식 농원이다. 한가운데서 좁은 오솔길이 이쪽 끝에서 저쪽 끝까지 가로지른다. 거기에 도둑처럼 소리도 없이 살그머니 들어간다. 그 푸른 나무 그늘에서 꿈을 꾼다. 무성한 잎사귀는 두텁고 묵직하다. 한 점의 자연광도 스며들지 않는다. 굵은 촛농처럼 향기 짙은 레몬이 매달려 있다.

---

32 살레르노 남동쪽에 있는 도시.
33 지중해에서 자라는 높이 10미터에 달하는 식물로 열매는 식용으로 쓰임.

그늘 속에서 레몬은 희고 푸르스름하다. 바로 손이 닿는 곳에, 갈증을 풀 수 있는 곳에 있다. 그것은 달콤하고도 새콤하며, 기분을 상쾌하게 한다.

그 나무 그늘은 너무도 짙어서 땀이 날 만큼 걸은 뒤에도 그 아래에서 멈춰 서고 싶은 생각이 미처 나지 않았다. 그러나 층계가 더 이상 나를 기진맥진하게 하지는 않았다. 나는 입을 다물고 오르내리는 연습을 했다. 점점 휴식 사이 간격을 길게 하면서 나 자신에게 말하곤 했다. 기운을 잃지 말고 저기까지 가 보자라고. 그리고 목적지에 닿으면, 채워진 자존심을 그 보수로 생각하며 공기가 한층 유효하게 폐로 들어가는 것같이 느껴지도록 천천히 심호흡을 하곤 했다. 나는 이전에 공부에 쏟았던 근면을 이와 같이 몸을 위한 온갖 섭생에 돌렸다. 나는 차츰 좋아져 갔다.

나는 가끔 내 건강이 이렇게 빨리 회복된 데 놀랐다. 그리고 애초에 나의 병세를 너무 무겁게 본 것이라고 생각하게 되었다. 내가 중태였다는 것을 의심하고, 각혈을 우습게 여기고, 회복이 좀 더 까다롭지 않았던 것을 유감스럽게 생각할 지경이었다.

나는 처음에 내 몸의 요구를 몰라서 실로 어리석은 섭생을 했다. 하지만 끈기 있게 연구한 결과, 신중한 섭생에 대해서 완전히 숙련자가 되어 마치 유희라도 하듯 즐겼다. 그러나 여전히 내가 가장 고통을 받았던 것은, 조금만 기온이 변해도 반응하는 나의 병적인 감수성이었다. 폐가 나은 지금, 나는 이 과민한 감각을 병의 후유증인 신경쇠약 탓으로 돌렸다. 나는 그것을 정복해 보겠다고 결심했다. 윗도리 앞자락을 벌리고 가슴을 드러낸 채 들일을 하는 농부들의 햇볕에 그을린 아름다운 피부를 보면, 나도 저렇게 그을려 보고 싶은 충동을 느꼈다. 어느 날 아침, 나는 벌거숭이가 되어 내 몸을 보았다. 너무도 여윈 팔, 아무리 애써도 충분히 뒤로 젖힐 수 없는 어깨, 더구나 희다기보다 도무지 윤기라곤 없는 피부를 보자, 수치심으로 눈물이 나왔다. 나는 얼른 옷을 입었다. 그리고 여느 때처럼 아말피[34] 쪽으로 내려가지 않고 인가와 길에서 멀리 떨어져서 사람 눈에 뜨일 염려가 없는, 키가 작은 풀과 이끼로 덮인 바위산 쪽으로 갔다. 거기 이르자 나는 천천히 옷을 벗었다. 공기는 거의 쌀쌀했지만 햇살은 강렬했다. 나는 온몸을 그 불꽃 아래 드러냈다. 나는 앉았다가 누웠다가, 되돌아 누웠다. 몸 아래, 딱딱한 땅바닥을 느낄 수 있었다. 잡초가 흔들려서 몸에 가볍게 스쳤다. 바람을 피하고 있었으나 미풍이 불 때마다 나는 오싹 떨리고 가슴이 두근거렸다. 이윽고 전신에 얼얼하고도 상쾌한 아픔을 느꼈다. 나의 온 존재는 피부에만 쏠려 있었다.

우리는 라벨로에 보름 동안 머물렀다. 매일 아침 나는 그 바위산에 가서 그 요법을 했다. 얼마 안 가서 이제까지 겹쳐 입고 있던 옷이 갑갑해지고 쓸데없어졌다. 피부는 강해져서 늘 나오던 땀이 멈추고 자체의 열로 몸을 보호할 수 있게 되었다.

떠날 날이 가까워진 어느 날 아침(4월 중순이었다.) 나는 과감한 짓을 해 보았다. 내가 말한 울퉁불퉁한 바위산 틈에는 맑은 샘물이 솟아나고 있었다. 그 샘물은 바위에서 떨어져 폭포가 되었으며, 얼마 크진 않았으나 폭포 아래에 샘보다 깊은

---

34 라벨로 서쪽에 있는 도시.

웅덩이를 파고 있었다. 그 웅덩이에는 티 없이 맑은 물이 괴어 있었다. 나는 세 번이나 거기 가서 웅덩이를 들여다보며 갈증과, 그 갈증을 면하고 싶은 욕망을 느끼면서 물가에 엎드리곤 했다. 그러고는 오랫동안 그 매끈매끈한 바위 밑바닥을 가만히 들여다보았다. 그곳에는 물이끼도, 물풀 하나도 없었고, 햇빛이 흔들려 다채로운 무늬를 그리면서 비쳐 들고 있었다. 나 흘째 되던 그날, 나는 미리 마음을 정하고 여느 때보다 한결 더 맑은 물 가까이 다가갔다. 그리고 아무것도 생각하지 않은 채 다짜고짜 첨벙 뛰어 들어갔다. 나는 금방 오싹해져서 물에서 나왔다. 그리고 양지바른 풀 위에 누웠다. 그곳에서는 좋은 냄새가 나는 박하가 무성하게 자라고 있었다. 나는 그것을 뜯어서 잎을 비벼 가지고 아직 젖었으나 확확 달아오르는 전신에다 문질렀다. 이제 나는 아무런 부끄러움도 없이 기쁨을 느끼며 내 육체를 가만히 들여다보았다. 아직 건강하다고는 할수 없으나 그렇게 될 가능성이 있는, 균형 잡히고 관능적인, 아름답다고도 할 만한 자신을 발견했다.

7

그렇게 해서 나는 모든 활동과 일 대신, 육체를 단련하는 것만으로 만족하고 있었다. 물론 그것은 나의 윤리관의 변화를 가져왔으나, 이미 나에게는 그것도 하나의 훈련이나 수단으로밖에 생각되지 않아서, 그 자체로는 만족할 수 없게 되었다.

그런데 또 한 가지, 한 것이 있었다. 아마 자네들에겐 우스꽝스럽겠지만 이야기하겠다. 유치한 일이지만 내 마음속 변화를 드러내 주는, 그 당시 나를 괴롭히던 욕구를 뚜렷하게 해 주는 것이니까. 실은 아말피에서 나는 수염을 깎아 버렸다.

그날까지 나는 거의 짧게 깎은 머리와 함께 수염을 그대로 기르고 있었다. 이발을 다르게 할 수도 있다는 생각이 떠오르지 않았던 것이다. 그런데 바위 위에서 처음으로 벌거숭이가 된 그날, 갑자기 수염이 거추장스러웠다. 마치 벗어 버릴 수 없는 마지막 옷 같았다. 가짜 수염을 달고 있는 듯한 기분이 들었다. 끝이 뾰족하지 않게 정성들여 네모나게 다듬어져 있었으나, 그 수염은 갑자기 몹시 불쾌하고 우스꽝스럽게 생각되었다. 호텔 방으로 돌아와 거울에 얼굴을 비춰 보니 기분이 나빠졌다. 전과 다름없는 모습, 즉 영락없이 고문서 학교[35] 출신다운 모습이었다. 점심을 먹고 나자 곧 나는 단단히 결심을 하고 아말피로 내려갔다. 아주 자그마한 도시였다. 그래서 광장에 있는 작은 싸구려 이발소로 만족해야 했다. 장날이어서 만원이었다. 나는 한없이 기다려야 했다. 그러나 엉터리 같은 면도칼도, 누런 솔도, 고약한 냄새도, 이발사의 수다도, 그 아무것도 나를 주저하게 만들지는 않았다. 가위 아래로 수염이 잘려 나가는 느낌은 마치 가면이라도 벗는 듯했다. 아무래도 좋다! 그러나 잠시 후에 정작 내 얼굴이 나타났을 때 내 마음을 채운, 그리고 될 수 있는 한 내가 누르려고 한 감정은 기쁨이 아니라 공포심이었다. 나는 그 감정에 대해 따지고 싶지 않다. 있는 그대로를 말하고 있다. 나는 내 얼굴이 제법 아름답다고 생각했다……. 아니, 그 공포심은 내 생각이 남의 눈

---

35   1821년 파리에 설립된 고문서 학자를 양성하는 기관.

에 훤히 보이는 것처럼 여겨지고, 또 내 생각이 갑자기 무서운 것으로 느껴진 데서 왔다.

반대로 머리는 자라는 대로 내버려 두었다.

이것이, 아직 아무것도 할 일이 없는 나의 새로운 존재가 발견해 낸 할 일의 전부였다. 나는 그 새로운 존재에서 나 자신을 놀라게 할 만한 행위가 생겨나리라고 생각했다. 그러나 그건 저 뒤의 일이다. 나중에, 그 존재가 좀 더 형태를 갖추었을 때의 일이라고 나는 스스로 타일렀다. 그때를 기다리면서 어떻게든지 살아가야 했으므로 나는 데카르트처럼 잠정적인 행동 양식을 지켰다. 마르슬린은 그렇게 해서 속아 넘어갔다. 사실, 내 눈길의 변화와, 더구나 수염을 깎고 온 날 내 얼굴의 새로운 표정은 그녀를 불안하게 했을 것이 틀림없으나 그녀는 이미 나를 열애했으므로 나를 잘 관찰할 수가 없었다. 게다가 나는 될 수 있는 한 그녀를 안심시키려고 했다. 나의 재생이 그녀에게 방해당하지 않을 필요가 있었다. 그것을 그녀 눈에 띄지 않게 하기 위해서는 숨기는 도리밖에 없었다.

그러므로 마르슬린이 사랑했던 남자, 그녀가 결혼했던 남자는 나의 '새로운 존재'가 아니었다. 그리고 나는 그 존재를 숨기려는 마음을 채찍질하기 위해 되풀이하여 스스로에게 타일렀다. 그렇게 해서 나는 나의 한 가지 모습밖에 그녀에게 보이지 않았는데 그 모습은 과거에 대해 항상 변함없이 충실하기 위해서 매일 점점 더 가짜가 되어 갔다.

그렇게 나와 마르슬린의 관계는 한동안은 그대로였다. 차츰차츰 커져 가는 사랑으로 그 관계는 날로 열을 높여 가긴 했지만. 나의 기만,(내 생각을 그녀의 비판 앞에 드러내기 싫은 감정을 그렇게 부를 수 있다면) 그 기만까지도 애정을 키웠다. 그

요술을 부리기 위해 나는 늘 마르슬린에게 신경을 써야 했다. 그러한 거짓의 강요는 분명히 처음엔 다소 힘들었을 것이다. 그러나 가장 나쁘다고 간주되는 일도(이 경우만의 예를 들면, 거짓말도) 하기 전까지는 어렵지만, 하는 동안엔 매우 빠른 속도로 편하고 유쾌하고 기분 좋아져서, 어느덧 자연스러워진다는 사실을 나는 곧 이해하게 되었다. 이렇듯 어떤 것에 대해서 품고 있던 최초의 혐오감을 극복하면 오히려 그에 대해 흥미를 느끼듯이, 마침내 나는 그 기만 자체에 흥미를 느끼게 되었고, 아직 알려지지 않은 자기 능력의 활동을 즐기듯 오랫동안 그 것을 즐기게 되었다. 그리고 날마다 더욱 풍요롭고, 더욱 충일한 생명 속에서 좀 더 달콤한 행복을 향해 나는 돌진해 갔다.

8

그날 아침, 라벨로에서 소렌토[36]로 가는 길은 너무나 아름다워서 나는 이 지상에서 그보다 더 아름다운 것은 아무것도 보고 싶지 않았다. 험준하게 솟아 있는 바위, 그윽한 향기로 가득 찬 공기, 티 없이 맑은 하늘, 그 모든 것이 삶의 사랑스러운 매력이 되어 나를 가득 채우고, 산뜻한 기쁨 외에는 아무것도 내 마음속에 살고 있지 않은 듯한 기분이 들 만큼 나를 만족시켜 주었다. 추억도 미련도, 희망도 소원도, 미래도 과거도, 그 모두가 침묵을 지키고 있었다. 이제 나는 생명에 대해서, 순간이 생명에게서 가져오는 것, 가져가는 것밖에 몰랐다.

36   나폴리 만에 연한 도시.

나는 외쳤다. 오, 육체의 기쁨이여! 내 근육의 어김없는 리듬이여! 건강이여!

나는 아침 일찍 마르슬린보다 먼저 출발했다. 그녀의 걸음이 내 걸음을 늦추듯이, 그녀의 너무도 조용한 기쁨이 내 기쁨을 가라앉힐지도 모르기 때문이었다. 그녀는 나중에 마차를 타고 와서 포지타노[37]에서 나하고 만나기로 되어 있었다. 거기서 점심을 먹기로 했다.

나는 포지타노 가까이까지 와 있었다. 그런데 바로 그때 이상한 노랫소리에다 저음부처럼 들리는 마차 바퀴 소리가 났으므로 나는 얼른 뒤돌아보았다. 그 근처 길은 절벽을 따라 구부러지는 곳이라 처음에는 아무것도 보이지 않았다. 그러나 갑자기 마차 한 대가 무모한 속력으로 달려왔다. 마르슬린이 타고 있는 마차였다. 마부는 큰 소리로 노래를 부르면서 대담한 몸짓으로 자리에서 일어나, 미친 듯이 날뛰는 말을 찰싹찰싹 후려치고 있었다. 저런 짐승 같은 놈! 그는 가까스로 몸을 피한 내 앞을 달려가며 내가 불러도 멈추지 않았다…….
나는 급히 뒤쫓았다. 그러나 마차는 너무도 빨랐다. 갑자기 마르슬린이 펄쩍 뛰어올랐다가 그냥 주저앉는 것을 보자 오싹해졌다. 말이 한 번만 더 뛰었더라면 그녀는 바다로 나가 떨어졌을 것이다……. 갑자기 말이 넘어진다. 마르슬린은 뛰어내려서 달아나려고 한다. 그러나 이미 내가 그녀 곁에 있다. 마부는 나를 보자마자 심한 욕설을 퍼붓는다. 나는 그 사내에게 분노가 치밀어 올라왔다. 그의 폭언을 듣자마자 나는 달려들어 그를 마부석 아래로 거칠게 내동댕이쳤다. 나는 그와 함께

---

37   아말피와 소렌토의 중간에 있는 도시.

땅으로 뒹굴었으나, 내가 유리했다. 그는 떨어지는 바람에 정신이 아찔해진 것 같았다. 그런데 곧바로 그가 달려들어 물려고 했으므로 얼굴 한복판에다 정통으로 한 대 먹였더니 더욱 얼떨떨해졌다. 그래도 나는 손을 늦추지 않고 그의 가슴을 무릎으로 덮쳐 누르고 양팔을 꼼짝 못하게 잡았다. 주먹으로 얻어맞아 더욱 추악해진 상대의 얼굴을 나는 보고 있었다. 상대방은 가래를 뱉고, 침을 질질 흘리고, 피투성이가 된 채 욕지거리를 퍼부었다. 아! 끔찍한 놈 같으니! 정말로! 이런 놈은 목을 졸라 죽여 버리는 게 마땅하다고 생각되었다. 하마터면 그를 죽였을지도 모른다……. 적어도 내게는 그만한 힘이 있다고 느꼈다. 다만, 경찰 생각이 나서 참았던 것 같다.

가까스로 나는 그 미치광이를 꽁꽁 묶을 수 있었다. 그리고 짐짝처럼 마차 안에다 집어 던졌다.

아! 그러고 난 뒤, 우리는 그 어떤 눈길과 그 어떤 키스를 주고받았던가! 위험은 대단하지 않았다. 그러나 나는 내 힘을 보여 주어야 했다. 그것도 그녀를 보호하기 위해서 말이다. 순간적으로 나는 그녀를 위해 나의 생명을, 그뿐 아니라 기꺼이 모든 것을 바칠 수 있을 것같이 생각되었다……. 말이 다시 일어섰다. 마차 안쪽 좌석은 주정뱅이에게 주고 우리 두 사람은 마부석으로 올라갔다. 그러고는 그럭저럭 말을 몰아서 포지타노에, 그리고 소렌토에 닿을 수 있었다.

내가 마르슬린을 내 것으로 만든 것은 바로 그날 밤이었다.

나는 정사에 대해서는 풋내기와 다름없었다는 사실을 자네들이 잘 납득했는지. 아니면 되풀이해서 또 말해야 할까? 우리의 첫날밤을 매력 있게 한 것은 어쩌면 그 신기함에서 왔는지 모른다……. 왜냐하면 지금 회상해 보면 그 첫날밤이 유일한 밤이었던 것처럼 생각되기 때문이다. 그만큼 사랑의 기대와 뜻밖의 사건이 환락의 열정을 돋우었던 것이다. 그만큼 가장 위대한 사랑을 고백하기에는 단 하룻밤으로도 충분하며, 그렇듯 나의 추억은 그 하룻밤만을 집요하게 회상한다. 단 한순간의 웃음으로 우리 영혼은 융합되었다……. 그러나 나는 사랑의 유일한 한 지점이 있다고 생각한다. 훗날 영혼이 아! 그것을 아무리 뛰어넘으려 애써도 헛된 일이다. 영혼이 자기 행복을 되살리려고 하는 노력은 오히려 그것을 닳아 버리게 하고 만다. 행복의 추억만큼 행복을 방해하는 것은 없다. 아아! 나는 지금도 그날 밤을 기억한다…….

우리가 묵은 호텔은 시외에 있고, 정원과 과수원으로 둘러싸여 있었다. 무척 큰 발코니가 우리 방을 더 넓혀 주었다. 나뭇가지가 발코니에 닿을 듯 말 듯 했다. 새벽빛이 활짝 열린 창문으로 자유로이 들어왔다. 나는 살며시 일어나서 다정하게 마르슬린에게로 몸을 굽혔다. 그녀는 자고 있었다. 잠자면서 미소 짓고 있는 듯했다. 한층 더 건강해진 내게는 그녀가 한층 더 가냘프게 느껴지고 그녀 매력은 그 가냘픔에 있는 듯이 여겨졌다. 갖가지 잡념이 머릿속에서 소용돌이치기 시작했다. 그녀에게는 내가 전부라고 그녀는 말했는데, 그것이 거짓말은 아니라고 생각했다. 그러자 곧 이런 생각이 떠올랐다. '그럼 나는 그녀를 기쁘게 하기 위해 어떤 일을 하고 있단 말인가? 거의 하루 종일, 또는 매일, 나는 그녀를 혼자 내버려 두고 있다. 그녀는 내게 모든 것을 기대하는데 나는 그녀를 팽개쳐 두고 있다……! 아! 가엾은, 가엾은 마르슬린……!' 눈에 눈물이 가득 괴었다. 지난날의 육체적인 허약함에서 변명을 찾으려고 했으나 허사였다. 이제는 일상의 섭생과 이기주의 같은 건 내게 필요 없지 않나? 이제는 내가 그녀보다 힘이 더 세지 않나……?

미소는 그녀 볼에서 사라지고 없었다. 새벽 광선은 모든 것을 금빛으로 물들였으나 내 눈에는 그녀 얼굴이 갑자기 쓸쓸하고 창백하게 보였다. 그리고 아마도 아침이 가까워져서 내 기분이 불안해진 모양이었다. 나는 마음속으로 외쳤다. '언젠가, 이번에는 내가 너를 간호해야 하는 것이 아닐까? 너를 위해 걱정해야 하는 것은 아닐까, 마르슬린?' 나는 오싹하고 몸을 떨었다. 그리고 사랑과 연민과 애틋한 마음으로 떨면서, 그녀의 감은 두 눈 사이에 가장 다정하고 가장 사랑스럽고 가장 경건한 입맞춤을 살며시 해 주었다.

9

우리가 소렌토에서 보낸 며칠은 만족스럽고 더없이 조용한 나날이었다. 그러한 휴식, 그러한 행복을 나는 여태까지 맛본 적이 있었을까? 또한 앞으로도 그와 비슷한 것을 맛볼 수가 있을까……? 나는 늘 마르슬린 곁에 있었다. 나 자신의 일보다는 그녀에 대해 더 신경을 썼다. 그리고 이전에 말없이 맛보았던 기쁨을, 그녀와 이야기하는 일에서 발견했다.

우리의 방랑 생활을 나는 충분히 만족스럽다고 생각했으나 그녀는 임시 생활로밖에 즐기지 않았다는 것을 느끼고 나는 놀랐다. 그러나 곧 그러한 생활이 무위도식에 지나지 않는다는 것을 나도 깨달았다. 나는 그러한 생활이 일시적임을 인정했고, 마침내 건강이 회복됨으로써, 빈둥거리는 한가함으로부터 공부하고 싶은 욕망이 처음으로 되살아났다. 나는 비로소 진지하게 귀국 이야기를 했다. 그 말에 마르슬린이 기뻐하는 것을 보고, 나는 그녀가 오래전부터 그 일을 생각했다는 것을 알았다.

그러나 내가 다시 생각하기 시작한 몇 개의 역사 연구는 이미 나에겐 이전과 같은 흥미를 주지 못했다. 전에도 말했지만 병을 앓은 다음부터 추상적이고 중성적인 과거 지식이 내게는 허무한 것으로 생각되었다. 그리고 전에 문헌학 연구에 종사했을 때는, 이를테면 라틴어 변형에 대한 고트어의 영향 범위를 구명하는 데 정신이 빠져 테오도리크,[38] 카시오도르스,[39] 아말리존트[40] 같은 사람들과 그들의 찬탄할 만한 정열을 등한시하거나 무시하고, 다만 기호나 그들 삶의 찌꺼기에만 열광했다. 그러나 이제 와서는 그러한 기호와 문헌학 전체가 나에게는 야성적인 위대함과 고귀함을 내게 보여 준 것들 속으로 더 깊이 들어가기 위한 하나의 수단에 지나지 않게 되었다. 나는 그 시대를 더욱 연구하고, 잠시 동안 고트 제국 말기로 범위를 한정하고는, 곧 그 최후의 무대였던 라베나에 들르는 다음 기회를 선용하려고 결심했다.

그러나 솔직히 말해서 그러한 연구에서 가장 나를 매혹한 것은 젊은 아탈라리크 왕[41]의 모습이었다. 나는 이 열다섯

---

38   5~6세기 동고트 왕.

39   로마의 정치가, 학자로서 테오도리크에게 중용되었음.

40   테오도리크의 딸, 아들인 아탈라리크 왕이 어릴 때 섭정했음.

41   아말리존트의 아들로 동고트의 왕.

살 난 소년이 암암리에 고트인의 자극을 받아 어머니인 아말리존트를 거역하고, 자기가 받은 라틴 교육에 반항하며, 사나운 말이 거추장스러운 마구를 떨어 버리듯 교양을 팽개치고, 참으로 현명한 늙은 카시오도르스보다는 미개한 고트인과 교제하기를 좋아하여 연배가 같은 거친 총신(寵臣)들과 더불어 방종과 환락의 분방한 생활을 몇 년 맛본 나머지, 몸을 망치고 방탕에도 진력이 난 채 열여덟 젊음으로 죽은 사실을 생각했다. 한층 더 야성적이고 본능적인 상태를 추구하는 그 비극적인 정열 속에서 나는 마르슬린이 웃으면서 "나의 발작"이라고 부르는 것과 흡사한 그 무엇을 발견했다. 이제는 더 이상 나의 육체를 그 비극적인 정열에 사로잡히게 할 수 없었기 때문에 적어도 나의 정신만이라도 거기에 전념하는 것에 만족하려고 했다. 그리고 가능한 아탈라리크의 끔찍한 죽음 속에서 교훈을 찾아야 한다고 스스로 타일렀다.

그리하여 보름 동안 체류하게 될 라베나에 이르기 전에 로마와 피렌체를 서둘러 구경하고, 그다음 베네치아와 베로나는 빼고, 파리에 닿기 전에는 도중에 아무 데도 머무르지 않고 여행을 끝내기로 했다. 나는 마르슬린과 장래 얘기를 하는 데서 전적으로 새로운 기쁨을 발견했다. 여름을 어떻게 보내는가에 대해서는 아직 뚜렷하게 결정되어 있지 않았다. 두 사람 다 여행에는 지쳐서 다시 떠나고 싶지 않았다. 나는 연구를 위해 극히 조용한 곳에 가고 싶었다. 그래서 우리는 녹음 짙은 노르망디의 리지외와 퐁레베크 사이에 있는 내 소유지를 생각했다. 전에 어머니가 갖고 있던 땅으로, 내가 어렸을 때 어머니와 함께 여름을 몇 해 보낸 적이 있으나 어머니가 돌아가시고 나서는 한 번도 가 본 적이 없었다. 아버지는 그 유지와 관리를 이제는 늙은 한 관리인에게 맡겨 놓았다. 그는 아버지를 대신해서 소작료를 받아 그것을 또박또박 우리에게 보내 왔다. 맑은 실개울이 몇 줄기나 흐르는 정원이 있는, 더없이 살기 좋은 커다란 집은 내 마음에 즐거운 추억을 남겼다. 그 집은 라모리니에르라고 불렸다. 그곳에 가서 살면 좋을 것 같았다.

나는 그해 겨울을, 여행자로서가 아니라 연구자로서 로마에서 보내자는 이야기를 하고 있었다……. 그러나 그 마지막 계획은 곧 뒤집어졌다. 오래전부터 나폴리에서 나를 기다리던 중요한 우편물 속 편지 한 통으로 인해, 뜻밖에 나는 콜레주 드 프랑스[42]에 강좌가 하나 비어서 내 이름이 여러 번 오르내렸다는 것을 알게 되었다. 이번에는 하나의 보강에 지나지 않았지만, 앞으로는 분명히 좀 더 자유로워질 것이었다. 내게 그 통지를 해 준 친구는, 만약에 내가 수락할 경우에 해야 할 몇 가지 간단한 수속을 가르쳐 주었다. 그리고 꼭 수락하라고 권했다. 처음 나는, 자유를 구속당할 거라 생각하고 망설였다. 그러나 곧 카시오도르스에 관한 내 연구를 강의에서 발표하면 재미있을지도 모른다고 생각했다. 마침내 마르슬린을 기쁘게 할지도 모른다는 생각이 나를 결심시켰다. 일단 마음이 서자 나에게는 그 이로운 점밖에 보이지 않았다.

아버지는 로마와 피렌체 학계의 여러 학자들과 교류하고 있었고 나 자신도 그들과 서신 왕래를 하고 있었다. 그래서 그들은 라베나와 그 밖의 곳에서 내가 하고 싶어 하는 연구에 대

---

42 1530년경 프랑수아 1세가 파리에 창설한 공개강좌 학교로, 대학 전문 교육을 보충하는 것을 목적으로 함.

해 여러모로 편의를 봐 주었다. 나는 이제 연구 외에는 생각하지 않았다. 마르슬린은 이것저것 자상하게 신경을 쓰고 친절을 베풀며 내 연구를 도우려고 애썼다.

그 여행의 마지막 무렵 우리 행복은 실로 순탄하고 조용해서 나는 아무것도 이야기할 수가 없다. 인간의 가장 아름다운 행위는 어디까지나 비통한 것이다. 행복에 대한 이야기가 무슨 소용이 있겠는가? 행복을 가져다주는 것, 그리고 그것을 파괴하는 것만이 이야기할 가치가 있다. 그런데 나는 이제 행복을 가져다주던 모든 것을 자네들에게 다 이야기했다.

2부

1

우리는 7월 초에 라모리니에르에 도착했다. 파리에서는
일용품 구입과 오랜만에 몇몇 집을 방문하는 데 필요한 시간
밖에 머물지 않았다.

라모리니에르는 이전에 자네들에게 말한 것처럼 리지외
와 퐁레베크 사이, 내가 아는 한 가장 숲이 울창하고 습기가
많은 지방에 있다. 완만하게 구부러진 숱한 좁은 골짜기가 오
즈의 광대한 계곡 가까이까지 이르고, 그 계곡은 단숨에 해안
까지 평퍼짐하게 뻗어 있다. 어디를 보나 지평선은 보이지 않
는다. 보이는 것이라곤 신비에 싸인 잡목 숲, 밭들, 특히 초원,
즉 일 년에 두 번 무성한 풀을 낫으로 베는, 완만하게 경사진
목장뿐이다. 그 목장에는 많은 사과나무가 있어서 태양이 기
울면 그림자와 그림자가 얽히고, 그곳에 방목하는 양 떼가 풀
을 뜯고 있다. 웅덩이마다 물이 괴어 있고 못이 있고 늪이 있
고 개울이 있다. 언제나 흐르는 물소리가 들린다.

아! 얼마나 나는 그 집을 잘 아는가! 파란 지붕, 벽돌과 돌로 세운 벽, 도랑, 거기 괸 물 위에 비친 그림자들……. 열두 사람 넘게 재울 수 있는 옛날 집이었다. 마르슬린과 세 하인, 거기다 가끔 내가 끼어들어도 그 집 일부분을 떠들썩하게 하기는 쉽지 않았다. 보카주라는 늙은 마름은 이미 방 몇 개를 정성껏 정리하여 우리를 맞을 준비를 하고 있었다. 해묵은 가구가 이십 년의 긴 잠에서 깨어났다. 모든 것이 내 추억과 같았다. 벽에 둘러친 대리석도 그다지 상하지 않았고 방도 편히 지낼 만했다. 보카주는 우리를 한층 더 환영하려고 찾아낸 모든 꽃병마다 꽃을 가득 꽂아 놓았다. 넓은 안뜰과 가까운 오솔길 잡초도 뽑게 하고 다듬어 놓았다. 우리가 도착했을 때, 집은 석양의 마지막 빛을 받고 있었다. 그리고 집 앞 골짜기에서 피어오르는 안개가 가만히 움직이지 않고 냇물 위에 서리어, 시내가 거기 있다는 것을 가르쳐 주었다. 집에 닿기 전에 나는 갑자기 기억에 남은 저 풀 냄새를 맡았다. 그리고 집 둘레를 날아다니는 제비의 날카로운 지저귐을 다시 들었을 때, 모든 지난 일이, 갑자기 나를 기다리고 있는 듯이, 그리고 나를 알아보고 나를 접근하지 못하게 하려고 문을 닫아 버리려는 듯이 우뚝 일어섰다.

며칠이 지나자 집은 제법 정이 들었다. 하려고 마음만 먹으면 일을 시작할 수도 있었을 것이다. 그러나 나는 꾸물거렸다. 자질구레한 지난날이 생각나서 거기다 귀를 기울이기도 하며, 곧 너무나 새로운 감동에 마음을 빼앗겼다. 도착한 지 일주일 후에 마르슬린이 임신했다고 내게 밝혔다.

그때부터 나는 그녀에 대해 새로운 관심을 표현해야 할 것 같기도 하고 또한 그녀가 내게 좀 더 애정을 요구할 권리를 가진 듯한 그런 기분이 들었다. 적어도 그 고백을 듣고 난 뒤로 한동안은 거의 하루 종일 그녀 곁에서 보냈다. 우리는 숲 가까이에 있는 벤치에 가서 앉았다. 이전에 내가 어머니와 함께 가서 앉던 벤치였다. 그곳에서는 순간순간이 우리 앞에 한층 더 즐겁게 나타났고, 시간이 한층 더 부지불식간에 흘러가 버렸다. 내 생애 중 그 시기에 대해 또렷한 기억이 선혀 떠오르지 않는다고 하더라도, 그 시기에 대한 생생한 인식이 마음속에 부족하기 때문은 아니다. 모든 것이 하나의 행복으로 서로 엉클어지고 녹아들어, 밤은 부드럽게 아침과 이어지고, 날은 자연스럽게 또 다른 날에 이어져 있었기 때문이다.

나는 서서히 다시 일을 시작했다. 기분은 상쾌하게 가라앉았고 나의 능력에도 확신을 가지면서 침착하고 자신 있게 미래를 바라보았다. 의지도 차분해진 것 같아서, 이 온화한 땅의 충고를 경청하는 듯했다.

모든 것이 과실을 위해, 보람찬 수확을 위해 준비하고 있는 그 땅의 본보기는, 반드시 내게 다시없는 최상의 영향을 줄 것이라고 생각했다. 그 풍요로운 목장의 저 건장한 황소와 새끼 밴 암소는 얼마나 안정된 미래를 약속하는가 하고 나는 감탄했다. 적당히 비탈진 언덕에 질서 있게 심어 놓은 사과나무들은 그해 여름의 훌륭한 수확을 예고했다. 곧 가지가 얼마나 풍성한 열매를 달고 휘어질까 하고 나는 상상해 보았다. 그 질서정연한 풍요, 그 기꺼운 순종, 그 즐거워 보이는 재배에는 이미 우연이 아니라 인력에 의한 하나의 조화가 이루어져 있었다. 그것은 하나의 리듬이었다. 인간적이기도 하고 자연적이기도 한 하나의 아름다움이었다. 그 속에서는 우리가 도대체 무엇에 감탄하는지 스스로도 모를 만큼, 자유로운 자연의 풍성한 힘과 그 힘을 조절하기 위한 인간의 교묘한 노력이 실로 완전한 화합 속에 융합되어 있었다. 나는 생각했다. 이러한 인간의 노력도 그것이 지배하는 억센 야성이 없었다면 어떻게 될까? 이러한 생기에 넘친 야성적인 정열도 그것을 막고, 웃으며 풍요로 인도해 주는 지적 노력이 없었다면 어떻게 될까? 그리고 나는 모든 힘이 잘 조절되고, 모든 지출이 다 변상되고, 모든 교환이 완벽하게 이루어져서 약간의 손실도 곧 알 수 있는 그런 고장에 대해 막연하게 공상했다. 그러고는 그 공상을 생활에다 적용함으로써 스스로 하나의 윤리학을 만들었다. 그것은 현명한 속박으로 자신을 완전히 이용하는 지혜가 되었다.

그렇다면 그전 날까지의 내 혼란은 어디로 들어가고 어디로 숨었는가? 나는 너무나 평온했으므로 그런 것은 전혀 없었던 것처럼 생각되었다. 내 사랑의 물결이 그런 것을 모조리 덮어 버렸다…….

한편 보카주 영감은 우리 주위에서 열성을 보였다. 그는 지시하기도 하고 감독도 하며 주의를 주곤 했다. 자신을 없어서는 안 될 사람으로 보이려는 태도가 역력했다. 그러나 그를 불쾌하게 할 수도 없어서 그가 작성한 계산서를 훑어보기도 하고, 끝없는 설명을 내내 들어 주기도 해야 했다. 그래도 그는 성이 차지 않는 모양이었다. 나는 땅을 돌아보러 그를 따라나서야만 했다. 점잔을 빼며 거드름을 피우는 그의 태도와 그칠 새 없는 이야기는 분명히 그의 자기만족이고 성실함의 과시였으므로 나는 이내 짜증이 났다. 그는 점점 더 끈덕지게 굴었다. 그래서 내 편안한 마음을 되찾기 위해서는 어떤 수단을 취해도 괜찮다는 생각이 들기 시작했다. 그런데 바로 그때 뜻밖의 사건이 생겨서 나와 그의 관계는 다른 성질을 띠게 되었다. 어느 날 밤 보카주는 내일 자기 아들인 샤를이 돌아온다고 내게 말했다.

나는 "그런가!" 하고 거의 냉담한 태도로 말했다. 보카주에게 어떤 아들이 있는지 그때까지 나는 별로 관심이 없었다. 그렇게 말하고 나서, 나의 무관심한 태도에 그가 실망을 했고, 내게서 그 어떤 관심과 놀라움의 표현을 기대하고 있었다는 것을 알아챘으므로 "그래, 그 애는 지금 어디 있소?" 하고 물었다.

"알랑송[43] 근처의 모범 농장에요." 하고 그는 대답했다.

"그 애도 이젠 나이가 거의……." 하고 나는 여태까지 존재조차 몰랐던 아이의 나이를 계산하는 체하면서, 그에게 말 참견을 할 여유를 주려고 느릿느릿한 투로 말을 이었다…….

"열일곱 살을 넘겼습니다." 하고 보카주가 대답했다. "큰마님이 돌아가셨을 때만 해도 겨우 네 살이었죠. 그런데 세상에! 이젠 벌써 훌륭한 장정이 되었습니다. 이제 곧 제 애비도 못 당할걸요……." 이렇게 보카주가 지껄이기 시작하면 아무리 노골적으로 귀찮은 얼굴을 해 보여도 도저히 막을 수가 없었다.

이튿날, 나는 더 이상 그 일에 대해 생각하지 않았다. 그런데 해 질 녘에 막 도착한 샤를이 마르슬린과 내게 인사하러 찾아왔다. 그는 건강이 넘치며, 몸매가 날렵하고 멋진 잘생긴 호남이었으므로, 우리에게 경의를 표하려고 입은 보기 흉한 나들이옷도 그다지 우스꽝스럽게 보이지 않았다. 수줍음 탓에

---

43 북프랑스 오른 현의 중심 도시.

혈색 좋은 그의 얼굴이 조금 더 발그레해졌다. 그는 열대여섯 살 정도로만 보였다. 그만큼 그의 눈빛은 아직 어려 보였다. 그는 스스럼없이 대단히 분명하게 말을 했다. 그리고 아버지 와는 반대로 쓸데없는 이야기를 하지 않았다. 처음 만나던 그 날 밤 우리가 어떤 이야기를 주고받았는지는 벌써 잊어버렸 다. 나는 그를 바라보기에 정신이 팔려서 아무런 이야기도 못 하고 마르슬린이 그와 말하도록 버려두었다. 그러나 그다음 날, 나는 처음으로 보카주 영감이 데리러 오는 것을 기다리지 않고 농장으로 올라갔다. 거기서 일이 시작되고 있다는 것을 알고 있었다.

웅덩이를 고치는 일이었다. 못만큼이나 큰 그 웅덩이에서 는 물이 새고 있었다. 그 물구멍을 알고 있었으므로 시멘트를 발라 막기로 했다. 그러기 위해서는 우선 물을 퍼내야만 했다. 십오 년 동안 한 번도 한 적이 없는 일이었다. 잉어와 황어가 많았다. 그중에는 굉장히 큰 것도 있었다. 그리고 그놈들은 벌 써 깊은 곳에 숨은 채 꼼짝도 하지 않았다. 나는 그 물고기를 도랑으로 옮겨서 일꾼들에게 주려고 생각했다. 그렇게 하면 그 일이 끝난 뒤에, 여느 때와 다른 농장의 소란으로 보아 짐 작할 수 있듯이, 낚시질도 즐길 수 있을 것이었다. 근처 아이 들도 와서 일하는 사람들 틈에 끼어 있었다. 마르슬린도 조금 뒤에 우리와 합류할 예정이었다.

내가 닿았을 때는 벌써 물이 제법 적어진 뒤였다. 가끔 수 면이 크게 흔들리며 물결이 일고, 불안한 듯한 물고기의 갈색 등이 비쳐 보였다. 웅덩이 가장자리에서는 아이들이 흙탕 속 에 들어가서 반짝반짝 빛나는 작은 물고기를 잡아서는 맑은 물을 가득 채운 양동이에다 던져 넣고 있었다. 웅덩이 물은 놀

94

란 물고기 때문에 완전히 흐려져서 차츰 흙빛이 짙어 갔다. 물고기는 생각했던 것보다 훨씬 많았다. 하인 넷이 되는 대로 손을 쑤셔 넣어서는 잡아내고 있었다. 나는 마르슬린이 좀처럼 나타나지 않는 것이 안타까웠다. 그리고 그녀를 부르러 가려고 마음먹었을 때, 와자한 함성에 처음으로 뱀장어 몇 마리가 나타난 것을 알았다. 뱀장어는 좀처럼 잡히지 않았다. 손가락 사이를 미끄러지며 빠져나갔다. 그때까지 물가에서 아버지와 나란히 서 있던 샤를은 더 이상 참을 수 없는 모양이었다. 서슴없이 구두와 양말을 벗고 윗도리와 조끼를 벗고 바지와 셔츠 소매를 쑥 걷어붙이더니 용감하게 흙탕 속으로 뛰어 들어갔다. 나도 곧 그를 따랐다.

"어때! 샤를! 어제 오길 잘했나?" 하고 나는 외쳤다.

그는 아무 대답도 하지 않았다. 그러나 벌써 고기잡이에 정신이 팔린 채 웃으며 내 얼굴을 보았다. 나는 곧 커다란 뱀장어 한 마리를 쫓느라고 그의 도움을 청했다. 우리는 힘을 합해서 그놈을 잡았다……. 그리고 그다음에는 또 다른 놈을 잡았다. 흙탕물이 우리 얼굴에 튀었다. 때로는 갑자기 발이 미끄러져 허벅지까지 물에 잠겼다. 우리는 곧 완전히 흠뻑 젖었다. 그러한 놀이에 정신이 팔려 우리는 두세 마디 고함과 말을 주고받았을 뿐이었다. 그러나 그날이 끝날 무렵에는 내가 나도 모르게 그를 '너'라고 친근하게 부르고 있음을 알았다. 그렇게 함께 행동한 것이 긴 대화 이상으로 서로에 대해 아는 길이 되었던 것이다. 마르슬린은 그때까지 오지 않았다. 그리고 끝내 오지 않았다. 그러나 이미 나는 그녀가 없는 것을 아쉽게 생각하지 않았다. 그녀가 있었으면 우리 재미가 약간 덜했을 것 같았다.

다음 날부터 나는 샤를을 만나러 농장으로 갔다. 우리는 둘이서 숲 속으로 갔다.

내 토지에 대해 잘 모르고 또한 모르는 것을 그다지 걱정도 하지 않던 나는 샤를이 그에 대해 무척 잘 알고, 소작료 할당까지도 아는 데 무척 놀랐다. 나 자신이 거의 몰랐던 일들, 즉 내게 소작인이 여섯 명 있다는 것, 소작료를 1만 6000프랑 내지 1만 8000프랑 받을 수 있다는 것, 그것이 겨우 반쯤밖에 손에 들어오지 않는 것은 거의 전부가 갖가지 수리비와 중개 수수료로 없어지기 때문이라는 것 등을 그는 내게 가르쳐 주었다. 경작지를 조사하면서 그가 어떤 묘한 미소를 띠고 있는 것을 보고 나는 곧 나의 토지 경영이, 전부터 믿었듯이 또한 보카주가 일러 주고 있듯이 잘 되어 가는지 어떤지 의심스러워졌다. 나는 그 점에 관해 좀 더 샤를에게 지껄이게 했다. 보카주의 경우 나를 짜증나게 만들었던 저 실용적이기만 한 지능이 이 아이의 경우 나를 기쁘게 할 수 있었다. 우리는 매일 그러한 산보를 계속했다. 나의 소유지는 넓었다. 그리고 구석구석까지 조사를 마치자 이번에는 좀 더 조직적으로 그 일을 다시 시작하였다. 손질이 잘 안 된 밭과 금작화, 엉겅퀴, 잡초 등이 무성한 공지를 보자 샤를은 분개하는 빛을 결코 숨기려 하지 않았다. 그는 내게 노는 땅에 대한 증오감을 품게 할 수 있었으며, 그래서 나도 그와 함께 좀 더 손질이 잘된 경작지를 꿈꾸게 되었다.

"그런데." 하고 내가 먼저 그에게 말했다. "이렇게 아무렇게나 놔두면 누가 손해를 보지? 소작인들뿐이잖아? 소작지 수확량이 변해도 소작료는 변치 않으니까 말이야."

그러자 샤를은 약간 울화가 치미는 모양이었다. "나리는 아무것도 모르십니다." 그는 과감하게 대꾸했다. 그래서 나는 곧 미소를 지어 보였다. "나리는 수입만 생각하지, 밑천이 못 쓰게 되는 것을 생각하려고 하지 않으시는 거예요. 나리 땅은 손질이 되지 않으면 점점 가치가 없어지고 말죠."

"땅을 좀 더 잘 손질해서 그만큼 수확이 는다면 소작인들도 열심히 할 거라고 생각하는데. 그들은 상당히 욕심이 많으니까 될 수 있는 한 수확을 늘리려고 할 거야."

"나리는." 하고 샤를은 말을 이었다. "수고가 든다는 것을 계산하시지 않아요. 이 근처 어떤 땅은 소작인 집에서 멀어요. 갈아 봤댔자 아무 소득이 없거나, 거의 없는 거나 마찬가지죠. 하지만 갈아 놓으면 적어도 땅이 못쓰게 되지는 않을 겁니다……."

이런 대화는 언제까지고 계속되었다. 때로는 한 시간이나 밭 사이를 걸으면서 같은 이야기를 되풀이하는 듯한 생각이 들었다. 그러나 나는 귀를 기울였다. 그리고 조금씩 지식을 늘려 갔다.

"결국 네 아버지가 할 일 아니냐."

어느 날 나는 참다못해 바른 말을 하였다. 샤를은 약간 얼굴을 붉혔다.

"아버진 벌써 노인이세요." 하고 그가 말했다. "임대 실행, 건물 유지, 소작료 징수 같은 데 신경을 쓰는 것만으로도 힘에 겨워요. 바로잡는 것은 아버지가 할 일이 아닙니다."

"그럼 넌 어떻게 바로잡을 수 있다는 거지?" 하고 나는 추궁했다.

그러자 그는 자기도 잘 모르겠다면서 슬쩍 발뺌하려고 했다. 나는 끈덕지게 물고 늘어져서 겨우 그의 의견을 말하게 했다.

"경작하지 않고 내버려 둔 땅을 전부 소작인에게서 빼앗아 버리는 거예요." 하고 마침내 그는 충고하기 시작했다. "소작인이 밭 일부분을 놀려 두는 것은, 그들에게 소작료를 지불하고도 남을 만한 토지가 있다는 증거예요. 만약에 종전대로 토지 전부를 갖고 싶다고 하거든 소작료를 올리는 거예요. 이 고장 사람들은 전부 게으름뱅이니까요." 하고 그는 덧붙였다.

내 소유지로 알고 있던 소작지 여섯 개 중에서 내가 가장 즐겨 다닌 곳은, 라모리니에르를 내려다보는 언덕 위 농장이었다. 그곳은 라발트리라고 불렸는데 거기에 살던 소작인도 결코 불쾌한 사람은 아니어서 나는 즐겨 그와 얘기를 나누곤 했다. 라모리니에르에 더 가까운 '성채(城砦) 농원'이라고 불리던 농장은 절반 소작제로, 반만 빌려 주고 있었다. 그리고 부재 지주를 대신해 보카주가 그 가축 일부를 소유하고 있었다. 의심이 생기기 시작한 지금, 정직한 보카주가 설마 나를 속이지는 않는다 해도 최소한 내가 많은 사람들에게 속고 있는 것을 모르는 체하는 건 아닐까 하고 의심하기 시작했다. 나를 위해 마구간과 외양간이 한 채씩 남겨진 것은 사실이지만, 이것은 곧 소작인들이 그들의 소나 말에게 내 귀리와 건초를 먹이기 위해 생각해 낸 데 불과한 것처럼 생각되었다. 나는 이제까지 보카주가 가끔 보고했던 도저히 있을 수 없다고 생각되는 말들도 호의로 들어주었었다. 가축이 죽었다, 기형이 되었다, 병에 걸렸다는 보고도 전부 그대로 받아들였다. 소작인의 암소가 병에 걸리면 그것이 나의 암소가 되고 또 내 암소가 건강해지면 그것이 소작인의 암소로 바뀌는 그런 일도 있을 수 있다는 것을 나는 아직 생각하지 못했다. 그러나 샤를이 부주의하게 지껄인 충고와 나 자신의 관찰에 의해 나도 사정을 분명히 알기 시작했다. 그러자 한번 경고를 받은 내 머리는 활발하게 움직이기 시작했다.

나의 지시로 마르슬린은 모든 장부를 면밀하게 조사했다. 그러나 무엇 하나 잘못된 점을 찾아낼 수 없었다. 보카주가 정직하다는 것을 알았을 따름이다. 어떻게 할까? 내버려 두는 수밖에 도리가 없겠지. 그러나 마음이 가라앉지 않은 나는 내색을 하지 않은 채 적어도 가축 감시만은 게을리하지 않기로 했다.

내겐 말 네 필과 암소 열 마리가 있었는데 이것만으로도 내게는 고민거리였다. 그 네 마리 말 중에 세 살이 넘었는데도 여태 '망아지'라고 불리는 녀석이 있었다. 마침 길들이는 중이어서 나는 이 말에 흥미를 가지기 시작했다. 그러자 어느 날, 한 하인이 와서 이 말은 도무지 다스릴 수 없이 사납고 어떻게도 할 도리가 없으니 늦기 전에 파는 게 상책이라고 말했다. 그리고 내가 의심이라도 할까 봐 그랬는지 이 말에게 작은 달구지 앞부분을 부수게 하여 정강이를 피투성이로 만들어 놓았다.

그날 나는 가까스로 침착한 태도를 유지할 수 있었다. 내가 꾹 참은 것은 보카주가 난처해할 거라고 생각했기 때문이다. 요컨대 그는 악의가 있다고 하기보다 마음이 약한 거라고 나는 생각했다. 잘못은 하인들에게 있다. 그러나 그들은 고용당한 몸이라는 것을 깨닫지 못하고 있다.

나는 망아지를 보러 안뜰로 나갔다. 다가가는 내 발소리를 듣고, 직전까지 말을 두들겨 패던 한 하인이 갑자기 쓰다듬어 주기 시작했다. 나는 아무것도 못 본 체했다. 나는 말에 대해서는 별로 아는 것이 없었으나 그 망아지는 멋있게 보였다. 정말로 날씬하게 생긴 연한 갈색 잡종이었다. 눈은 생생하게 빛나고 갈기와 꼬리도 금빛에 가까웠다. 나는 말이 별로 다치지 않았음을 확인하고 피부가 벗어진 데에 붕대를 감아 주라고 이르고는 그 이상 아무 말도 없이 자리를 떠났다.

저녁때 샤를을 만나자 나는 그가 그 망아지를 어떻게 생각하는가 알려고 애써 보았다.

"전 매우 순한 말이라고 생각합니다. 그런데 그자들은 다루는 법을 몰라요. 그놈들에게 맡겨 두면 미치광이 말로 만들어 버릴 거예요."

"너 같으면 어떻게 하겠니?"

"나리께서 말을 일주일 정도 저에게 맡겨 주시겠어요? 걱정 마세요."

"도대체 어떻게 하겠다는 거지?"

"두고 보세요……."

이튿날 샤를은, 주위에 시내가 흐르고 근사한 호두나무 한 그루가 그늘을 지우고 있는 목장 한구석으로 그 망아지를 끌고 갔다. 나도 마르슬린을 데리고 그곳으로 갔다. 나의 생생한 추억 중 하나다. 샤를은 땅 위에다 튼튼하게 박은 말뚝에 몇 미터 길이 밧줄로 망아지를 매었다. 지나칠 만큼 원기 왕성한 망아지는 처음 얼마 동안은 맹렬하게 날뛴 모양이었다. 그러나 곧 지쳐서 순해지고 침착해져서 원을 그리며 돌고 있었다. 그 빠른 걸음걸이는 놀랄 만큼 탄력적이어서, 보기만 해도 경쾌하고 춤처럼 매력 있었다. 샤를은 원 중심에 서서 말이 한 바퀴 돌 때마다 펄쩍 뛰어 밧줄을 피하면서 뭐라고 말을 하며 망아지를 골리기도 하고 달래기도 했다. 그는 손에 커다란 채찍을 들고 있었다. 그러나 그것을 쓰는 모습은 한 번도 보지 못했다. 그의 태도와 몸짓 전부가 그 젊음과 즐거운 듯한 표정으로, 그 일을 기쁨에 넘치며 아름답게 보이게 했다. 그리고 별안간 어떻게 했는지 그는 말 위에 걸터앉았다. 말이 걸음을 늦추다가 멈춰 선 틈을 타서 슬슬 쓰다듬어 주는 체하다 느닷없이 올라탄 것이었다. 그는 사뭇 자신 있게 겨우 갈기만 잡고 웃으면서 몸을 굽혀 계속 쓰다듬어 주었다. 말은 순간적으로 약간 뒷발질했을 뿐이었다. 걸음걸이는 벌써 온순해졌다. 그것이 하도 아름답고 경쾌해 보여서 나는 샤를이 부러워져 그에게 그 느낌을 말했다.

"며칠만 더 길들이면 안장을 얹어도 간지러워하지 않을 거예요. 두 주쯤 지나면 심지어 마님도 탈 수 있게 될 겁니다. 새끼 양처럼 온순해질 테니까요."

정말 그가 말한 대로였다. 며칠 뒤에는, 쓰다듬어 주고 마구를 달고 몰아도 전혀 경계하는 빛이 없이 시키는 대로 가만히 있었다. 마르슬린도 그런 연습에 견딜 수 있는 건강한 상태였다면 아마 타 보았을 것이다.

"나리, 한번 해 보세요." 하고 샤를은 내게 말했다.

나 혼자였다면 결코 그런 짓은 안 했을 것이다. 그러나 샤를이 자기도 농장 다른 말에 안장을 얹어 타겠다는 말을 꺼냈다. 그와 함께 말을 탄다는 즐거움에 나는 지고 말았다.

어릴 적에 어머니가 나를 승마 연습장에 데리고 가 준 것을 나는 얼마나 감사했는지! 처음 배우던 때의 희미한 기억이 도움이 되었다. 말에 올라타도 그다지 놀라지는 않았다. 곧 무서움이 전혀 없어지고 쉽게 타는 법을 익혔다. 샤를이 탄 말은 좀 더 미련하고 혈통도 보잘것없으며 우둔했으나 보기에 결코 불쾌하진 않았다. 그러나 특히 샤를의 기술이 좋았던 것이다. 우리는 매일 조금씩 말을 타고 외출하는 습관이 들었다. 특히 이른 아침, 이슬로 반짝이는 풀 속을 지나가는 것이 좋았다. 우리는 숲 끝까지 가곤 했는데, 도중에 개암나무 가지를 건드리면 이슬을 머금은 가지가 흔들려서 옷이 흠뻑 젖었다. 거기까지 가면 갑자기 전망이 트였다. 그곳은 오즈의 널찍한 계곡이었다. 꽤 멀리 바다 기운을 느낄 수 있었다. 우리는 말에서 내리지도 않은 채 한동안 멈춰 서 있었다. 막 떠오른 태양이 안개를 물들이고 밀어내며 흩어지게 하고 있었다. 그리고 우리는 말을 몰아서 돌아오는 도중에 농장 근처에 잠시 말을 세웠다. 들일이 겨우 시작된 참이었다. 우리는 농부들보다도 일찍 일어나서 그들을 부린다는 자랑스러운 기쁨을 맛보고 있었다. 그러고는 얼른 그들 곁을 떠나 마르슬린이 일어날 즈음에야 라모리니에르로 돌아왔다.

나는 공기에 취하고, 속력에 현기증을 느끼고, 유쾌한 피로에 사지는 가볍게 저리고, 마음은 건강과 식욕과 상쾌한 기분으로 가득 차서 돌아왔다. 마르슬린은 나의 이 색다른 취미에 기뻐하고 격려해 주었다. 돌아와서 나는 각반을 찬 채 그녀가 꾸물대며 나를 기다리고 있는 그녀 침대 곁으로 이슬에 젖은 풀 냄새를 날라 갔다. 그녀는 그 냄새가 좋다고 말했다. 그리고 그녀는, 우리의 먼 산책, 잠을 깨우는 전원, 들일의 시작 같은 내 이야기에 귀를 기울였다……. 그녀는 내가 살아 있다는 것을 실감하고 자기가 살아 있는 거나 다름없는 기쁨을 느끼는 모양이었다. 이윽고 나는 그 기쁨마저 남용했다. 우리 산보는 길어졌다. 그리하여 때로는 정오쯤이 되어서야 돌아오기도 했다.

그러나 나는 강의 준비를 위해 될 수 있는 대로 늦은 오후와 밤은 남겨 놓도록 했다. 연구는 진척되었다. 나는 만족했다. 그리고 나중에 강의를 모아 책 한 권으로 펴내는 것도 불가능하다고 생각하지 않았다. 일종의 자연적인 반동이겠지만, 나의 생활이 질서가 잡히고 규칙적이 되고, 또 주위 모든 것에 질서와 규칙을 주는 일이 즐거워지는 반면, 고트인의 거친 도덕에 점점 열중하게 되었다. 그리고 또 강의 중에는, 나중에 크게 비난받게 될 대담성으로 그 미개 상태를 찬양하고 옹호하는 데 열중했던 반면, 내 속에서나 내 주위에서는, 그런 상태를 생각나게 할 만한 모든 것을 전부 제거하지는 못할망정 억제하려고 무던히 애를 썼다. 그러한 지혜, 아니면 그러한 광기를 나는 어디까지 밀고 갔는지 모른다.

내 소작인 중에 크리스마스로 임대 계약이 끝나는 두 사람이 계약을 갱신하려고 나를 만나러 왔다. 관례에 따라 '임대차 계약서'라 불리는 것에 서명만 하면 되었다. 하지만 나는 샤를의 보장으로 힘을 얻고, 그와 날마다 주고받은 이야기에 자극되어 마음을 단단히 먹고 소작인들을 기다렸다. 그들은 소작인을 바꾸기 힘들다는 사실을 핑계로 처음엔 소작료 인하를 요구했다. 그런 만큼 내가 손수 만들어 두었던 '계약서'를 읽어 주었을 때, 그들의 놀라움은 컸다. 나는 소작료 인하를 거절했을 뿐 아니라 그들이 전혀 사용하지 않는다고 생각되는 토지 일부를 거둬들이겠다고 써 놓았던 것이다. 처음 그들은 웃으면서 내가 농담을 한다고 생각하는 체했다. 이따위 땅을 어쩌겠다는 거요? 전혀 가치 없는 땅 아니오. 자기네가 팽개쳐 두는 이유도 아무짝에도 쓸모없기 때문 아닌가……. 이윽고 내가 진정으로 말하고 있다는 것을 알자 그들은 버티기 시작했다. 나도 또한 버티었다. 그들은 떠나가겠다고 협박하면 내가 겁을 낼 줄 안 모양이었다. 이렇게 말하려고 기다렸던 사람은 바로 나였다.

"좋소! 나가고 싶거든 나가시오! 붙들진 않을 테니까." 그렇게 말하면서 나는 계약서를 집어 그들이 보는 앞에서 찢어 버렸다.

그렇게 하여 나는 100헥타르 남짓한 땅을 갖게 되었다. 이미 얼마 전부터 나는 그 땅의 관리를 보카주에게 맡길 작정이었다. 그렇게 하면 간접적이나마 샤를에게 주는 셈이니까 하고 생각했다. 그리고 나도 역시 땅을 많이 돌볼 작정이었다. 물론 깊이 생각한 것은 아니었으나, 경영의 위험성 그 자체에 마음이 끌렸다. 소작인들은 크리스마스에 가서야 땅을 내놓게 되어 있으니 그때까지는 여러 가지로 대책을 세울 여유가 있었다. 나는 그 이야기를 미리 샤를에게 했다. 그가 기뻐하는 모습을 보자 나는 그만 불쾌해졌다. 그는 기쁨을 감출 줄 몰랐다. 그 사실은 내게 그가 아직 너무 젊다는 것을 더욱 절실하게 느끼게 했다. 시간은 임박했다. 수확을 끝내고는 밭을 비워서 곧 갈아야 할 때였다. 그때까지의 관습으로, 나가는 소작인의 일과 새로 올 소작인의 일이 함께 행해지고, 나갈 소작인은 추수가 끝남에 따라 차례차례 땅을 넘겨주게 되어 있었다. 나는 복수라도 당할까 봐 쫓겨난 두 소작인의 원한을 두려워했다. 그러나 그들은 오히려 아주 기쁘다는 듯이 내게 만족한 체했다.(그렇게 하는 편이 그들에게 유리했다는 것을 나는 나중에 가서야 겨우 알았다.) 나는 잘됐다 싶어서 곧 내 것이 될 그들 땅을 아침저녁으로 쫓아다녔다. 가을에 접어들고 있었다. 밭갈기와 파종을 서두르기 위해 더 많은 사람을 써야 했다. 쇠스랑이며 롤러, 쟁기도 사 두었다. 나는 말을 타고 돌아다니며 일을 감독, 지휘했다. 나 스스로 명령하고 지배하는 것이 즐거웠다.

한편 근처 목장에서는 소작인들이 사과를 거둬들이고 있었다. 사과는 근래 드문 대풍작으로 무성한 풀밭에 떨어져 뒹굴었다. 도저히 일손이 모자라 이웃 마을에서도 사람들이 왔다. 일주일 기한으로 고용한 것이었다. 샤를과 나도 가끔 재미 삼아 거들었다. 어떤 사람은 늦된 열매를 떨어뜨리려고 장대로 두들겼다. 또 한편에서는 너무 익어서 저절로 떨어진 것을 주웠는데 그런 것들은 흔히 키가 큰 풀밭 속에서 상했거나 뭉개져 있었다. 사과를 밟지 않고는 걸을 수도 없을 지경이었다. 목장에서는 달고 새콤한 냄새가 피어올라 밭 냄새와 섞여 풍겼다.

가을이 깊었다. 늦가을의 맑게 갠 아침은 티 없이 상쾌하고 공기가 맑았다. 때로는 습기 찬 대기로 파랗게 물든 원경은 더욱 멀리 보였으며 산책은 여행처럼 느껴졌다. 그곳 땅 일대가 넓어진 것 같았다. 때로는 반대로 공기가 이상할 만큼 투명해서 지평선이 바로 곁까지 다가오고, 한번 날기만 하면 가 닿을 것 같았다. 그 둘 중 어떤 것이 가을의 우수로 마음을 더 사로잡았던 것인지 모른다. 내 연구는 거의 완성돼 있었다. 아니, 적어도 그로부터 좀 더 기분 전환을 하기 위해 그렇게 말하고 있었다. 농장에서 보내지 않는 시간을 나는 마르슬린 곁에서 보냈다. 우리 둘은 함께 정원으로 나갔다. 그리고 천천히 걸어 다녔다. 그녀는 힘없이 내 팔에 기대었다. 우리는 벤치로 가서 앉았다. 거기서는 석양빛으로 가득 채워진 골짜기가 내려다보였다. 그녀는 다정스레 내 어깨에 기대고 있었다.

그렇게 우리는 저녁때까지, 말도 없이, 꼼짝도 하지 않은 채 가을 해가 몸속에 녹아드는 것을 느끼면서 조용히 앉아 있었다……. 이미 얼마나 많은 침묵으로 우리 사랑이 감싸여 있었던가! 왜냐하면 이미 마르슬린의 사랑이 사랑한다는 말보다 훨씬 강했기 때문이고, 그 사랑으로 나는 종종 고통에 가까운 감정을 느끼곤 했기 때문이다. 한 가닥 미풍이 가끔 잔잔한 수면에 잔물결을 일게 하듯 자그마한 감동도 그녀 이마 위에 나타나곤 했다. 그녀는 자기 몸속에서 꿈틀거리는 새로운 생명의 고동을, 신비로운 것에 귀를 기울이듯 조용히 엿듣고 있었다. 나는 깊고 맑은 물을 들여다보듯 그녀에게로 몸을 기울이고 있었다. 아무리 깊이 들여다보아도 그곳에서는 사랑밖에 보이지 않았다. 아! 그 또한 역시 행복이었다면 나는 서슴지 않고 붙들려고 했을 것이다. 마치 양손을 모아서 달아나는 물을 헛되이 붙잡으려고 하듯이. 그러나 이미 나는 행복 곁에서, 행복과 다른 그 무엇을 느끼고 있었다. 그것은 나의 사랑을 채색하고 있었다. 마치 가을을 채색하듯이.

가을이 깊었다. 아침마다 풀잎에는 이슬이 더 많이 내리게 되었다. 숲가에 있는 풀은 이제는 마를 틈이 없었다. 공기가 맑은 새벽녘에 풀들은 새하얗게 되었다. 오리들은 도랑물에서 날개를 치고 법석을 떨었다. 때로는 몸을 일으켜 큰 소리를 지르며 날아오르고, 날개를 파닥거리며 라모리니에르를 한 바퀴 빙 돌았다. 어느 날 아침 오리들이 보이지 않았다. 보카주가 잡아 가두었던 것이다. 해마다 가을이 되어 새가 이동하는 계절이 되면 그렇게 잡아 가둔다는 것을 샤를이 얘기해 주었다. 그리고 며칠 안 되어 날씨가 변했다. 어느 날 밤 갑자기 거대한 바람이, 억센 바다의 입김이 북풍과 비를 몰고 한바

탕 불어닥쳐 철새들을 낚아채 가고 말았다. 마르슬린의 몸 상태, 새 살림집에 대한 관심과 나의 첫 강의에 대한 걱정으로 우리는 이미 파리로 돌아가 있어야 했다. 어느새 나쁜 계절이 시작되었으므로 우리는 쫓기듯 돌아갔다.

실은 11월에 나는 농장 일로 다시 돌아와야 했다. 그런데 보카주의 겨울 준비를 알자 나는 무척 화가 났있다. 그는 샤를을 모범 농장으로 보내고 싶다고 말하고, 아직 거기서 상당히 배워 익힐 게 있다고 주장했다. 나는 그와 오랫동안 얘기하며 생각나는 구실은 모조리 끄집어내 보았으나 그를 설복할 수는 없었다. 그는 겨우 샤를이 좀 빨리 돌아올 수 있게 수업 기간을 약간 단축할 것을 승낙했을 뿐이었다. 보카주는 농원 두 개를 경영하는 것이 상당히 힘이 들 것이라는 것을 내게 숨기지 않았다. 그러나 그는, 극히 성실한 농부가 둘 있어서 자기가 데리고 쓸 작정이라고 말했다. 그들은 소작인 같기도 하고 절반만 소작인 같기도 하고 또한 머슴 같기도 했다. 그곳에서는 전혀 새로운 시도였으므로 그도 잘되리라는 예측은 할 수 없었다. 하지만 그것은 내가 원해서 된 일이라고 그는 말했다. 그 대화는 10월 말쯤이었다. 11월 초에 우리는 파리에 돌아와 있었다.

2

우리가 자리 잡은 곳은 파시[44] 근처의 S 거리였다. 마르슬

---

44 파리 16구 조용한 고급 주택지.

린의 오빠 중 한 사람이 추천해 준 아파트는 우리가 저번에 파리에 들렀을 때 가 볼 수 있었는데, 아버지가 남겨 준 집보다 훨씬 컸다. 그래서 마르슬린은 집세가 비쌀 뿐 아니라 아무래도 생활비도 많아질 거라고 걱정했다. 그 모든 그녀의 두려움에 대해 나는 뜨내기 살림은 싫다고 억지로 대항했으며 나 스스로도 억지로 믿게 하려고 일부러 과장했다. 그야 신접살림을 위한 갖가지 지출이 올해 수입을 능가할지도 모른다. 그러나 이미 상당한 액수였던 우리 재산은 더욱 불어날 계산이었다. 여기서 나는 내 강의와 저서 출간과 심지어 어처구니없게도! 내 농장의 새로운 수입까지 계산에 넣고 있었다. 지출을 할 때마다 그만큼 수입을 늘여야 한다고 생각하면서도, 내 마음속으로 느낄 수 있었던, 또는 느낄까 봐 두려워했던 모든 변덕스러운 기분을 동시에 억제하는 체하면서, 나는 어떤 지출 앞에서도 주저하지 않았다.

처음 며칠은 아침부터 밤까지 물건을 사 나르느라고 시간을 보냈다. 그리고 그 뒤에는 마르슬린의 오빠가 매우 친절하게 도와주어서 우리 수고가 많이 덜어졌지만 마르슬린은 곧 심한 피로를 느끼기 시작했다. 그리고 또 그녀에겐 휴식이 필요했을 텐데도 자리 잡자마자 곧 연일 방문을 받아야 했다. 여태까지 파리에서 떠나 생활하던 만큼 방문객이 연달아 왔다. 오랫동안 사교 생활에서 멀어져 있던 마르슬린은 간단하게 끝내는 방법도 모르거니와 집에 없다고 거절할 용기도 없었다. 저녁때가 되면 나는 기진맥진한 그녀를 발견하곤 했다. 그 피로의 원인을 잘 알고 있었으므로 그다지 걱정은 하지 않았지만, 그래도 나는 그 피로를 줄여 주기라도 하려고 궁리를 해 보았다. 그래서 도무지 유쾌한 일은 못되었으나 종종 그녀를 대신해서 방문객을 대접하기도 하고, 또 때로는 더욱 재미없는 일이지만 답례 방문을 하기도 했다.

나는 결코 화려한 달변가가 아니었다. 게다가 살롱의 경박한 분위기, 살롱의 재치란 것이 나는 아무래도 싫었다. 그러나 이전에는 몇 군데 그런 곳에 출입한 적도 있었다. 하지만 얼마나 오래전 일이었나! 그 후에는 어떻게 되었던가? 나는 남 옆에 있으면 자신이 우울하고 쓸쓸한, 다루기 힘든 인간처럼 생각되고, 남을 거북하게 하고, 동시에 나도 거북해지는 것이었다……. 공교롭게도 운이 나빠서 나의 둘도 없는 진정한 친구로 생각하던 자네들은 파리에 없었고 한동안 돌아오지 않을 작정이었다. 나는 자네들에게 더 잘 이야기할 수 있었을까? 어쩌면 자네들은 나 자신보다도 더 잘 이해해 주었을까? 그러나 그 당시 내 마음속에서 자라던 것, 그리고 오늘 내가 자네들에게 이야기하고 있는 것을 내가 알았던가? 내게는 미래가 완전히 확실한 것으로 생각되었다. 그리고 그때만큼 미래를 지배하고 있는 듯한 기분인 적도 없었다.

또한 내게 좀 더 통찰력이 있었다고 해도, 자네들이 나만큼 잘 알고, 나처럼 판단하고 있는 저 위베르, 디디에, 모리스, 그 밖의 친구들이 나에게 무슨 도움이 되었겠는가. 유감스럽게도! 나는 곧 그들의 이해를 얻는다는 건 불가능하다는 걸 알았다. 처음 말을 주고받았을 때부터 나는 그들 때문에 수없이 가짜 인물 역할을 연기해야 했다. 내가 여전히 그런 사람이라고 그들이 생각했던 사람과 닮지 않을 수 없었다. 그렇게 하지 않고는 내가 겉만 꾸미고 있는 것처럼 보였기 때문이다. 그래서 편의상, 그들이 내 것으로 간주하는 사상이나 취미를 갖고 있는 체했다. 사람은 성실하면서 동시에 성실한 체할 수는 없는 법이다.

나는 나와 같은 전문 분야 사람들, 즉 고고학자와 언어학자하고는 좀 더 기분 좋게 다시 만났다. 그러나 그들과의 대화에서 훌륭한 역사 사전을 펼치는 이상의 기쁨이나 감동을 발견할 수는 없었다. 처음에 나는 어떤 소설가나 시인 들에게서 삶에 대한 좀 더 직접적인 이해를 발견하기를 기대했다. 하지만 그들은, 그러한 이해가 있었다 해도, 솔직히 말해서 그들은 대개 그것을 밖으로 나타내진 않았다. 내게는 그들 대부분이, 살고 있는 게 아니라 살고 있는 체하는 것만으로 만족하며, 걸핏하면 삶을 글 쓰는 일에 대한 귀찮은 방해물처럼 본다고 생각되었다. 그런데도 나는 그들을 비난할 수 없었고, 내게도 그런 과오가 없었다고 단언할 수도 없다……. 게다가 나는 '산다'는 것을 어떻게 해석하고 있었던가? 바로 그것이, 사람들에게 가르쳐 달라고 하고 싶었던 것이다. 누구나 다 삶의 모든 사건에 대해 교묘하게 이야기하나, 그 사건의 동기가 되는 것에 대해서는 한 마디도 언급하지 않았다.

어떤 철학자들로 말할 것 같으면 그 역할로 보아 당연히 내게 가르쳐 줄 만한 사람들이었으나, 나는 오래전부터 그들에게 무엇을 기대할 수 있는지 알고 있었다. 수리 철학자들이건, 신비판주의 철학자들이건 그들은 될 수 있는 한 번거로운 현실에서 떠나, 계산하는 수량의 존재를 파고드는 대수학자의 관심 이상으로 현실을 파고들지는 않았다.

마르슬린 곁으로 돌아오면 나는 이러한 사람들과의 교제에서 생기는 권태를 그녀에게 조금도 숨기려 하지 않았다.

"그들은 모두 서로 닮았어. 모두가 이중 역할을 하고 있거든. 그들 중 한 사람에게 말하면, 많은 사람들에게 얘기하고 있는 듯한 기분이 든단 말이야."

"하지만 여보, 모든 사람에게 다른 누구와도 닮지 말라고 하는 건 무리야." 하고 마르슬린은 대답했다.

"그들이 서로 닮으면 닮을수록 나와는 더 달라져."

그리고 나는 한층 더 쓸쓸한 투로 말했다.

"그들은 아무도 자신이 병들었다는 것을 몰라. 그들은 살아 있는 것처럼 보이지만, 살아 있다는 것을 모르는 것처럼 살고 있어. 게다가 나 자신 역시 그들 곁에 가면 이미 살아 있지 않은 거야. 그중에서도 특히 오늘, 내가 했던 게 뭐지? 나는 9시부터 당신 곁을 떠나야 했어. 나가기 전에 겨우, 잠깐 책을 읽을 시간이 있었지. 그게 하루 중에서 유일한 즐거운 시간이야. 당신 오빠가 공증인 사무실에서 나를 기다리고 있었고, 그 일이 끝나도 나를 놓아주지 않았어. 난 함께 융단 장수를 만나야 했어. 그리고 또 가구점으로 끌려가서 진력이 났지. 그러고 나서 겨우 가스통 집에서 헤어질 수가 있었어. 나는 필리프하고 시내에서 점심을 먹고, 이어 카페에서 나를 기다리던 루이를 만났지. 그와 함께 테오도르의 엉터리 강의를 듣고, 강의가 끝나자 칭찬해 주었지. 그의 일요일 초대를 거절하기 위해 그와 함께 아르튀르 집까지 가야 했고, 아르튀르와 함께 수채화 전시회를 보러 갔어. 알베르틴과 줄리 집에 명함을 갖다 놓으러 갔었어……. 기진맥진해서 돌아오면 당신도 나와 마찬가지로 아들린이니 마르트니 잔이니 소피를 만나느라고 지칠 대로 지쳐 있고……. 그리고 밤이 된 지금, 하루의 이러한 일 전부를 생각해 보면 나의 하루가 도무지 쓸데없었다고 느끼게 돼. 정말로 공허했던 것처럼 생각된단 말이야. 지나가는 하루를 도중에 잡아당겨서 한 시간, 한 시간을 다시 한 번 고쳐 보고 싶어지고, 슬퍼서 울고 싶을 지경이야."

그러나 '산다'는 것을 내가 어떻게 해석하고 있는가, 그리고 좀 더 널찍하고 환기가 잘되며, 좀 더 속박이 없고, 남의 눈치를 볼 필요가 없는 삶에 대한 취미가 나의 답답함에 대한 극히 단순한 비밀이 아니었나라고 물었다면, 나는 대답할 말이 없었을 것이다. 이 비밀은 나에게 훨씬 더 신비한 것처럼 보였다. 나는 소생한 사람의 비밀이라고 생각했다. 왜냐하면 사람들 속에 가면 나는 마치 죽은 자들의 세계에서 돌아온 사나이처럼 언제나 이방인으로 남아 있었기 때문이다. 그래서 처음에는 상당히 고통스러운 혼란밖에 느끼지 못했다. 그러나 곧 매우 새로운 감정이 솟아 나왔다. 나는 그처럼 모두에게 칭찬을 들은 연구를 발표했을 때도, 바른 말이지만 약간의 자랑스러움도 느끼지 않았다. 지금 생각해 보니 그것이 바로 자랑이었을까? 어쩌면 그럴지도 모른다. 그러나 적어도 거기에는 어떤 자만심도 섞여 있지 않았다. 그때 처음으로 나는 나 자신의 가치를 의식했다. 나를 남과 분리해 놓는 것, 구별 짓는 것, 이것이 중요했다. 나 이외 아무도 말하지 않았고 말할 수도 없었던 것, 바로 그것이 내가 말해야 했던 것이었다.

내 강의는 그 후 곧 시작되었다. 주제에 끌려들어서 나는 첫 강의에 새로운 열정 전부를 쏟아 넣었다. 말기 라틴 문명을 논함에 있어 민중과 동일 수준을 유지하면서 상승해 가는 예술 문화를, 분비물을 예로 들어 설명했다. 분비물이란 처음 얼마간은 건강의 충일과 과잉을 나타내지만, 곧 응고되고 경화되어 정신과 자연의 완전한 접촉을 방해하고, 사뭇 생명이 오래 이어지는 것처럼 보이는 외관 아래, 생명의 감소를 숨기고 있다. 그리하여 숨이 막힌 정신은 여위고 쇠약하여 끝내는 시들어 죽게 하는 껍질을 만든다. 마지막으로 나는 나의 생각을 극단까지 몰고 가서, 삶에서 태어난 문화가 바로 삶을 죽이는 것이라고 말했다.

역사가들은 너무 성급하게 일반화하는 경향이 있다고 하며 나를 비난했다. 다른 사람들은 나의 방법론을 비난했다. 그리고 나를 칭찬한 사람들은 나를 가장 이해하지 않았던 사람들이었다.

내가 오랜만에 메날크와 재회한 것은 그 강의를 끝내고 나오던 때였다. 나는 그때까지 그와는 그다지 빈번한 교제가 없었다. 그리고 또 나의 결혼 조금 전에 그는 또 예의 먼 탐험 여행을 떠났었다. 그 먼 여행을 떠나면 때로는 일 년 이상이나 우리는 그를 만나지 못했다. 옛날에 나는 그를 별로 좋아하지 않았다. 그는 어쩐지 거만한 것 같았고, 나의 삶에 흥미를 보이지 않았다. 그래서 나의 첫 강의에서 그를 발견하고 놀랐다. 전에 나를 그에게서 멀리했던 저 거만한 태도도 이제는 오히려 좋게 여겨졌다. 그리고 나를 향해 짓는 그 미소도 좀처럼 없는 일임을 알고 있었던 만큼, 한층 더 매력적으로 생각되었다. 최근에 그의 추문을 폭로하려는 터무니없고 치사한 소송 사건이 있어서 신문은 그에게 오명을 씌울 절호의 찬스를 얻었다. 그의 사람을 얕보는 거만한 태도에 기분이 상했던 자들은 이것을 구실 삼아 자기네 복수를 하려고 했다. 그런데 그들을 가장 화나게 한 것은 도무지 그가 그것에 신경을 쓰는 것 같지 않다는 사실이었다.

"그들의 주장이 옳다고 해 두지." 하고 그는 모욕에 대해 대답했다. "그래야 자기들에게 달리 할 짓이 없다는 것에 대한 위로가 되니까 말이야."

그러나 '선량한 사회'는 분개했다. 그리고 소위 '체면을 지키는' 사람들은 그를 피하여, 그것으로 그의 모욕에 응수해야 한다고 생각했다. 그럴수록 그 일이 내게는 그에게 접근하는 하나의 이유가 되었다. 어떤 은밀한 힘에 의해 그에게 이끌린 나는 모두가 보는 앞에서 그에게 다가가서 다정하게 껴안았다.

내가 누구와 이야기하고 있는가를 보자 끝까지 남아 있던 귀찮은 패들도 물러갔다. 나는 메날크와 단둘이 남았다.

울화가 치밀어 오르는 그런 비판과 어처구니없는 찬사를 듣고 난 뒤여서 내 강의에 대한 그의 두세 마디 말은 내 마음을 안정시켜 주었다.

"자네는 이제까지 신이 숭상하던 것을 태워 버리고 있어." 하고 그는 말했다. "좋은 일이야. 이제야 시작하다니 너무 늦은 감이 있지만, 그런 만큼 불꽃은 한층 더 강하다고 할 수 있겠지. 내가 자네를 잘 이해하는지 아직 모르겠지만, 자넨 내 호기심을 끌긴 해. 난 이야기를 별로 좋아하지 않지만, 자네하고라면 얘기해 보고 싶어. 오늘 저녁 나와 함께 식사하지 않겠나?"

"메날크." 하고 나는 대답했다. "자넨 내가 결혼한 것을 잊은 모양이군."

"아참, 그렇지." 하고 그는 말했다. "진정 허물없이 말을 걸어 주기에 자네가 좀 더 자유로운 몸이라고 생각했네."

나는 그의 기분을 상하게 하진 않았을까 하고 염려했다. 아니, 그것보다 내가 약한 인간처럼 보이지는 않았을까 하고 겁이 났다. 그래서 저녁 식사가 끝나거든 다시 만나자고 말했다.

　메날크는 늘 지나는 길에만 파리에 들를 뿐 언제나 호텔에 묵고 있었다. 그는 이번 체류를 위해 마치 아파트처럼 호텔에다 방을 몇 개 마련해 두었다. 그리고 자기 하인을 두고 따로 식사를 하고, 따로 살고 있었다. 그리고 벽이나 가구의 저속함이 눈에 거슬린다고 하여 그 위에다 값비싼 천을 덮어 두었다. 네팔에서 가져온 천인데 미술관에 기부하기 전에 그만 더럽히고 말았다는 것이다. 내가 너무 서둘렀으므로 내가 들어갔을 때 그는 아직 식사 중이었다. 그래서 식사에 방해가 된 것을 사과하자 그는 말했다.

　"하지만 난 식사를 중단할 생각이 없네. 그래서 식사를 마칠 때까지 자네가 좀 기다려 주게나. 자네가 식사하러 왔더라면 하피즈[45]가 노래한 저 쉬라즈 술을 대접했을 텐데. 하지만 이젠 안 되네. 그걸 마시려면 공복이어야 해. 뭣하면 리큐어라도 마시게나."

　나는 그도 마실 줄 알고 승낙했다. 그런데 컵을 하나밖에 가져오지 않기에 나는 놀랐다.

　"미안하지만." 그가 말했다. "난 거의 못 마시네."

　"취하는 게 두려운가?"

　"천만에!" 하고 그는 대답했다. "그 반대지! 난 절제야말로 가장 강한 도취라고 생각하네. 그뿐 아니라 말짱한 제정신을 유지할 수도 있고."

　"그러면서도 다른 사람들에게는 마시게 하고……."

_____

45　14세기 페르시아의 서정시인.

그는 미소를 지었다. 그리고 말했다.

"하지만 남에게 나의 미덕을 요구할 순 없어. 그들에게서 나의 악덕을 발견하면 그것만으로도 대단한 일이네."

"그래도 담배는 피우나?"

"그것도 별로. 담배는 개성을 죽인 소극적인 도취야. 너무도 쉽게 할 수 있는 거지. 내가 도취 속에서 찾는 것은 생명의 고양이지 생명의 감소가 아니야. 그런 이야기는 그만두세. 자네는 내가 어디서 왔는지 아나? 비스크라에서 왔단 말이야. 자네가 들렀던 직후라는 것을 알고 자네 뒤를 밟으려는 마음이 생겼던 거야. 책벌레 같은 저 맹꽁이 학자 선생이 뭣 하러 비스크라 같은 델 왔을까? 내가 얌전히 침묵을 지키는 것은 남에게서 들은 일에 관해서뿐이야. 기왕 말이 나왔으니 말인데, 나 스스로 알아내는 일에 대한 내 호기심이란 끝이 없거든. 그래서 난 가능한 한 여러 곳을 찾아보고 조사하고 물어보곤 했지. 그런 나의 몰염치가 그래도 꽤 도움은 되었지. 왜냐하면 그 덕분에 다시 자네를 만나고 싶은 심정이 되었거든. 더구나 전에 내가 보아 온 틀에 박힌 학자님이 아니라, 지금의 자네를 만날 수 있다는 걸 알았으니까 말일세……. 자아, 이번엔 자네가 현재의 자신이 어떤 인간인가를 설명해 줄 차례야."

나는 얼굴이 붉어지는 것을 느꼈다.

"도대체 자넨 나에 대해 어떤 것을 알았단 말인가, 메날크?"

"그게 알고 싶은가? 하지만 걱정할 건 없어! 자넨 자네 친구들과 내 친구들이 어떤 자들인가 잘 아네. 그러니까 내가 자네에 관한 이야기를 할 수 있는 상대가 아무도 없다는 것을 잘 알 거야. 자네 강의만 해도 사람들에게 이해되었는지 어떤지는 자네가 알잖아!"

"하지만." 하고 나는 다소 안타까워하며 말했다. "나는 다른 사람들보다 자네에게 더 말하기 쉬운 이유를 아직은 전혀 모르겠는걸. 자! 자넨 도대체 나에 대해 뭘 알았다는 건가?"

"첫째, 자네가 병을 앓았다는 것."

"하지만 그런 거야 뭐……."

"아냐! 그게 벌써 중대한 일인 거야. 그리고 자네가 책도 없이 즐겨 혼자 나가곤 했다는 걸 들었지.(그 일로 난 자네에게 이끌리기 시작한 거야.) 또 혼자가 아닐 때는 부인보다는 아이들을 즐겨 데리고 있었다더군……. 얼굴을 붉힐 필요는 없네. 아니면 나머지 이야기는 안 할 테니까."

"날 쳐다보지 말고 말만 하게."

"아이들 중 하나인 ── 아마 목티르라고 했지. ── 다른 녀석들과 마찬가지로 도둑질도 하고 거짓말도 하지만 뛰어나게 잘생긴 놈에게, 아무래도 이야깃거리가 있는 것처럼 보이더군. 난 그놈을 꾀어 신용을 샀지. 자네도 알다시피 그다지 쉬운 일이 아니었네. 이젠 절대로 거짓말은 안 하겠다고 해 놓고는 그 자리에서 또 거짓말을 하는 그런 놈이니까 말이야……. 그가 자네에 관해 이야기한 것이 정말인지 아닌지 말해 주지 않겠나."

그렇게 말하면서 메날크는 일어서더니 서랍에서 작은 상자를 꺼내 가지고 뚜껑을 열었다.

"이 가위는 자네 것이었나?" 하며 그는 녹이 슬고 끝이 부러지고 구부러진 모양 없는 물건을 내밀었다. 하지만 그게 목티르가 훔친 작은 가위임을 즉시 알 수 있었다.

"맞아, 내 아내 것이었네."

"그놈은 어느 날 자네하고 단둘이 방에 있을 때, 자네가 딴 곳을 보는 새에 이것을 훔쳤다는 거야. 하지만 재미있는 건 그런 게 아냐. 그놈은 이걸 외투 속에 숨긴 순간 자네가 거울을 통해 감시하고 있다는 걸 느끼고, 거울 속 자네 눈이 마침 자기를 노리는 걸 알아챘다는 거야. 자넨 도둑질하는 현장을 보았고, 그런데도 아무 말도 하지 않았네! 목티르는 그 침묵에 놀란 모양이야……. 나 역시 그렇네만."

"뭐라고! 나도 역시 자네 이야기를 들으니 놀라겠는걸. 그 녀석, 내게 들켰다는 걸 알고 있었단 말이지!"

"중요한 건 그런 게 아냐. 자넨 정말로 근사하게 했네. 하지만 이러한 내기에서는 우린 언제나 그놈들에게 걸려 속고 말지. 자넨 그놈을 꼭 쥐고 있다고 생각했지만 그놈이야말로 자네를 쥐고 있었던 거야……. 그러나 중요한 건 그런 게 아냐. 어째서 자넨 잠자코 있었는지 설명해 주지 않겠나?"

"그 설명은 내가 듣고 싶네."

우리는 한동안 잠자코 있었다. 방 안을 이리저리 서성거리던 메날크는 무심코 담배에 불을 붙였으나 이내 팽개쳐 버렸다. 그리고 말했다.

"소위 '의식'이란 게 있지. 자네에겐 없어 보이는 '의식'이 말일세, 미셸."

"아마도 '윤리 의식'이겠지." 하고 나는 애써 미소 지으려고 하면서 말했다.

"아니, 단순히 소유 의식일세."

"그거라면 자네에게도 역시 그다지 많은 것으로는 보이지 않는걸."

"전혀 없다고 할 수 있지. 보게나, 여기에는 무엇 하나 내 것이라곤 없어. 내 잠자리조차, 아니 특히 잠자리가 없네. 난 휴식이 제일 싫어. 소유는 사람을 휴식으로 꾀어내고, 사람은 안전 속에 들어가면 잠들고 만단 말이야. 난 눈을 뜬 채 살고 싶다고 생각할 만큼 삶을 사랑해. 그래서 나는 부의 한가운데 있으면서도 불안정한 느낌을 받아. 그 느낌에 따라 나는 나의 삶을 자극하거나, 적어도 제고(提高)하는 걸세. 난 위험을 좋아한다고는 할 수 없어. 하지만 아슬아슬한 생활이 좋아. 그리고 그러한 생활이 시시각각 나의 용기, 나의 행복, 나의 건강 전부를 내게 요구해 주기를 바라네……."

"그럼 자넨 나의 어떤 점을 비난하는 건가?" 하고 나는 물었다.

"아! 미셸. 자넨 내 말을 이해하지 못하는군. 헌데 나 역시 그만 신앙 고백을 시작하다니, 참, 바보 같은 짓이지……! 미셸, 내가 남의 칭찬이나 욕설에 신경 쓰지 않는 건, 내가 남을 칭찬해 주거나 욕을 하기 위해서가 아니야. 그런 말은 내게 있어 별 의미가 없는 거야. 난 아까부터 내 이야기를 너무 지껄였어. 이해해 주리라 생각하고 그만 줄줄 지껄이고 말았네……. 단지 난, 소유 의식 없는 사람에 비해, 자네는 너무 많은 걸 갖고 있는 것처럼 보인다는 말을 하고 싶었을 따름이야. 이건 중대한 일이네."

"뭘 그리 많이 가졌다는 건가?"

"많이 가진 게 없겠지, 자네가 그렇게 정색을 하고 말한다면……. 그러나 자네는 자네 강의를 시작하고 있지 않은가? 노르망디의 지주 아닌가? 파시에 새 집을, 더구나 호화로운 살림을 막 차려 놓지 않았는가? 자네는 결혼했어. 아이가 탄

생하는 것을 기다리고 있지 않은가?"

"하지만!" 하고 나는 참을 수가 없어서 말했다. "그것은 단지 내가 자네보다 더 '위험한'(소위 자네 말마따나) 생활을 하고 있다는 것을 증명할 뿐이네."

"그렇지, 단지 말이지." 하고 메날크는 빈정대면서 되풀이했다. 그리고 갑자기 태도를 바꾸어, 나에게 손을 내밀면서 말했다.

"그럼, 잘 가게. 오늘 밤에는 이것으로 충분하네. 우리는 이 이상 더 잘 말할 수는 없을 거야. 자, 또 만나세."

나는 그 후, 한동안 그를 만나지 못했다.

신경 쓸 새로운 일과 새 걱정거리가 내 마음을 사로잡았다. 어느 이탈리아 학자가 자기가 발표한 새 자료에 대해 알려 왔던 것이다. 그래서 나는 내 강의를 위해, 그것을 오랫동안 연구했다. 내 최초의 강의가 잘 이해되지 않았다는 것을 느끼자, 다음 강의는 다른 방법으로 보다 확실하게 설명하고 싶다는 욕망에 사로잡혔다. 그래서 처음에 교묘한 가설로 대담하게 제시한 데 지나지 않았던 것을, 하나의 학설로 내어놓기에 이르렀다. 암시한 것만으로는 이해되지 않았던 것이 계기가 되어, 단정하는 힘을 얻은 독단론자가 얼마나 많은가! 나로서는 솔직히 말해, 당연한 것으로 단정하고 싶은 마음에 어쩌면 섞여 들었을지도 모를 가설에 대한 고집이 얼마만큼 뒤섞여 있었는지 분간할 수 없다. 내가 새삼스레 말하지 않으면 안 되는 것은 그것을 말하는 데, 특히 그것을 이해시키는 데 고심했던 만큼, 나에게는 한층 더 절박한 것으로 여겨졌다는 사실이다.

그러나 유감스럽게도! 말이라고 하는 것은 행동 곁에서는 그 얼마나 창백해지는 것일까? 삶은, 메날크의 사소한 행위라 할지라도, 내 강의보다 훨씬 웅변적이 아니었을까? 아! 그때부터 나는, 위대한 고대 철학자들의 거의 모든 정신적인 교훈이란, 말의 가르침인 동시에 말 이상으로 실천을 본보기로 보여 준 가르침이라는 것을 뚜렷이 이해했던 것이다!

메날크를 다시 만난 것은 처음 만났던 때부터 석 주쯤 후, 우리 집에서였다. 손님이 너무 많이 온 모임이 거의 끝날 무렵이었다. 날마다 떠들썩한 것을 피하기 위해, 마르슬린과 나는 목요일 저녁마다 집을 개방하기로 했다. 그렇게 함으로써 다른 날에는 마음 편하게 문을 닫아 놓을 수 있었다. 그래서 목요일마다 우리 친구라고 자칭하는 사람들이 왔다. 우리 집 객실은 꽤 넓었으므로 많은 손님을 맞이할 수 있었다. 그리고 모임은 밤늦게까지 계속되었다. 마르슬린의 형용할 수 없는 매력과, 그들끼리 서로 이야기하는 즐거움이 특히 그들을 끌어들였던 것이라고 생각한다. 왜냐하면 나는 두 번째 야회부터 귀를 기울일 것도, 말할 것도 없어져, 지루함을 숨길 수 없게 되었기 때문이다. 나는 흡연실에서 살롱으로, 응접실에서 서재로, 이따금 어떤 말에 대해 주의를 집중하거나, 거의 보는 것도 없이 공연히 주위를 둘러보며 어슬렁거렸다.

앙투안과 에티엔과 고드프루아는 아내의 호화로운 안락의자에 뒹굴듯이 앉아서, 최근에 있었던 국회 표결에 대해 토론하고 있었다. 위베르와 루이는 내 아버지가 모은 훌륭한 동판화를 멋대로 만지작거려 흠이 가게 만들었다. 흡연실에서는 마티아스가 레오나르의 이야기를 더 잘 들으려고 불붙은 여송연을 장미나무 테이블 위에 아무렇게나 놓아두었다. 퀴라소[46] 한 잔이 양탄자 위에 쏟아져 있었다. 제멋대로 긴 의자에 드러누운 알베르의 흙투성이 발이 시트를 더럽혔다. 그리고 사람들이 들이마시는 먼지는 온갖 물건들의 끔찍한 마멸에서 오는 것이었다······. 모든 손님들의 어깨를 잡고 바깥으로 떠밀어 내쫓고 싶은 심한 충동이 일어났다. 가구도, 시트도, 판화도, 조금이라도 때가 묻으면 나에게는 전혀 가치가 없었다. 때가 묻은 것은 병이 나서 죽음이 예고된 것이나 다를 바 없었다. 나는 모든 것을 보호하고, 나 혼자만을 위해 자물쇠를 잠가 버리고 싶었다. 나는 생각했다. 아무것도 갖고 있지 않은 메날크는 얼마나 행복할까! 내가 괴로워하는 것은 바로 물건을 소유하려고 하기 때문이다. 실제로 이런 것이 나에게 무슨 소용이 있다는 말인가······? 반사판이 없는 거울로 칸을 막은 등불 탓에 그리 밝지 않은 작은 객실에서 마르슐린은 몇몇 친한 친구만을 상대하고 있었다. 그녀는 쿠션 위에 반쯤 드러누워 있었다. 얼굴이 상당히 창백했다. 하도 피로해 보였으므로 나는 부지중에 섬뜩해져서, 손님을 청하는 것도 오늘을 마지막으로 하려고 생각했다. 밤도 이제 이슥해졌다. 나는 시계를 꺼내어 시간을 보려고 했다. 그러자 조끼 호주머니 속에서 목티르의 작은 가위가 만져졌다.

그 녀석 뭣 때문에 이런 것을 훔쳤을까? 당장 부숴서 엉망이 되게 만들 바에야. 그때 누군가가 내 어깨를 두드렸다. 나는 깜짝 놀라 뒤돌아보았다. 메날크였다.

예복을 입고 있는 사람은 거의 그 혼자뿐이었다. 그는 조

46   오렌지 껍질로 만든 술 이름.

금 전에 도착했다. 그는 나의 아내를 소개해 달라고 말했다. 물론 내가 자진해서 소개하는 일은 하지 않았을 것이다. 메날크는 세련되고 비교적 잘생긴 편이었다. 벌써 잿빛이 된 축 처진 거창한 콧수염이 해적 같은 얼굴을 가로지르고 있었다. 쌀쌀한 눈빛은 정다움보다 용기와 결단을 보여 주었다. 그가 마르슬린 앞에 나오자 나는 그가 그녀 마음에 들지 않는다는 것을 알아차렸다. 두 사람의 상투적인 인사가 끝나자 나는 재빨리 그를 흡연실로 데리고 갔다.

나는 바로 그날 아침 그가 식민성에서 새로운 임무를 맡았다는 것을 알았다. 여러 신문이 이에 관련해서 그의 모험적인 경력에 대해 독자의 주의를 환기하며, 바로 엊그제 퍼부었던 비열한 모욕도 잊어버린 듯이, 그를 칭찬하느라 입에 침이 마를 정도였다. 각 신문은 다투어, 그의 최근 탐험으로 얻은 진기한 발견이 국가와 모든 인류에게 가져다준 공헌을 과장해서 떠들어 댔다. 마치 그가 인도적인 목적 외에는 아무 일도 꾀하지 않았던 사람이라는 투였다. 그리고 그의 희생과 헌신과 대담함 등을 칭찬했다. 마치 이러한 찬사로 예전의 잘못을 보상하려는 것 같았다.

나는 축하의 말을 하려고 했다. 그러나 말을 시작하자마자 그는 내 말을 가로막았다.

"뭐야! 자네까지 그러기야, 미셸. 하기야 자넨 애초부터 나를 모욕하지 않았지만 말이야. 그런 멍청한 짓거리는 신문에 맡겨 두면 되네. 그 작자들은 이제 와서 품행 면에서 평판이 나쁜 사람에게도 뭔가 좋은 점이 있다는 데 놀라는 모양이야. 나는 그자들이 지으려는 구별이나 제한을 나 자신한테 적용할 수는 없어. 나는 전체로서만 존재하거든. 나는 타고난 본

성 외에는 아무것도 바라지 않네. 그리고 행동 하나하나에 있어, 그것을 함으로써 얻는 기쁨이 그것을 하지 않으면 안 되었다는 증거가 되는 걸세."

"그렇게 하다가는 큰일이 날수도 있겠어." 하고 나는 그에게 말했다.

"나는 그걸 바라는 거야." 하고 그는 말했다. "아! 우리 주위 모든 사람이 그걸 납득할 수 있었으면 하네. 그러나 그들 대부분은 강요당하지 않으면 무엇 하나 좋은 것을 자기로부터 끌어내지 못한다고 생각해. 그들은 가짜 자기가 아니면 마음에 들지 않거든. 사람들은 될 수 있는 대로 자기를 닮지 않으려고 하지. 자기 수호신을 만들어서 그 흉내를 내. 자기가 흉내 낼 수호신을 선택하려고도 하지 않아. 이미 남이 골라 놓은 수호신을 그대로 받아들이는 거야. 그러나 인간 속에는 아직도 얼마든지 읽어 내야 할 것들이 있다고 생각해. 하지만 사람들은 구태여 그렇게 하진 않아. 감히 그 페이지를 펼치려고 하지 않는단 말이야. 모방의 법칙이라는 거지. 나는 그것을 겁쟁이의 법칙이라고 불러. 사람들은 혼자가 되는 것을 두려워하지. 그래서 전혀 자기를 발견할 수 없는 거야. 이러한 정신적인 아고라포비[47]가 나는 싫어. 비겁한 것 중에서도 가장 나쁜 거지. 그러나 사람이 어떤 것을 발명하는 건 언제나 혼자서야. 그런데 여기 있는 사람들 중 그 누가 발명하려고 하고 있을까? 사람이 자기 속에서 느끼는 남과 다른 것, 이것이야말로 사람에게서 희귀한 거고, 이것이야말로 각자의 가치를 만들고 있는 거라는 말이야. 그런데 사람은 그것을 제거하려고

47　광장 공포증.

애쓰거든. 사람은 흉내를 내고 있어. 그러고서도 삶을 사랑한다고 우겨 대네."

나는 메날크가 지껄이는 대로 내버려 두었다. 그가 말하고 있는 건 바로 내가 지난날 마르슬린에게 말한 것이었다. 마땅히 나는 그의 말에 찬성해야만 했다. 그런데도 왜 나는 비겁하게도 그를 가로막고, 마르슬린의 흉내를 내어 그녀가 그때 나를 가로막고 한 말을 바로 그대로 말했을까?

"하지만 메날크, 각자에게 다른 모든 사람과 다르게 하라고 요구할 수는 없네……."

메날크는 갑자기 입을 다물고 이상한 눈초리로 나를 쳐다보았다. 그때 마침 와제브가 작별인사를 하려고 나에게로 다가왔으므로 그는 획 돌아서서 엑토르와 무의미한 이야기를 시작했다.

입 밖에 내어 말해 버리자, 쓸데없는 말을 했다는 생각이 들었다. 더욱이 그의 말 탓에 내 기분이 상했다고 느끼지나 않았을까 하고 마음이 언짢았다. 벌써 밤이 이슥해졌다. 손님도 차츰 돌아갔다. 응접실이 거의 비었을 때 메날크가 다시 나에게로 왔다.

"나는 이대로 자네하고 헤어질 수는 없어." 하고 그는 말했다. "아마 나는 자네 말을 잘못 알아들었을 거야. 차라리 그렇게 생각하게 해 주게나……."

"천만에." 하고 나는 대답했다. "자네가 잘못 알아들은 게 아니야……. 하지만 그 말에는 아무 뜻도 없었어. 말해 버리자마자 곧 쓸데없는 말을 지껄였다 싶어 괴로워지더군. 더구나 아까 자네가 비난했던 그자들, 솔직히 말해서 나도 자네와 마찬가지로 저속하다고 여기는 그자들과 내가 한패로 보일까 봐 두려웠어. 난 도덕군자 같은 자들을 모두 싫어해."

"그런 작자들은⋯⋯." 하고 메날크는 웃으면서 말했다. "이 세상에서 가장 싫은 놈들이지. 그들로부터는 어떤 성실성도 기대하지는 못할 거야. 왜냐하면 그들은 그들의 신조에 따라 반드시 해야 하는 일 외에는 결코 하지 않기 때문이야. 그렇게 하지 않으면 그들이 하고 있는 것이 그릇된 일처럼 생각되기 때문이지. 자네도 그들의 한패가 아닐까 하고 약간 의심했을 뿐인데도 말이 입술 위에서 얼어붙어 버린 듯했어. 그때 곧 내 가슴을 찌른 슬픔으로 자네에 대한 내 우정이 얼마나 강한 것인가를 알았지. 나는 내 오해였기를 바랐던 거야. 내 우정이 아니라 내가 내린 판단이 말이야."

"사실 자네 판단은 어긋났었지."

"아! 정말 그랬어." 하고 그는 갑자기 내 손을 쥐면서 말했다. "이보게. 나는 곧 출발해야 하네. 하지만 다시 한 번 자네와 만났으면 좋겠네. 이번에 내가 여행하는 것은 지금까지보다 훨씬 길고 위험도 많을 것 같아. 언제 돌아오게 될지 나도 알 수 없어. 보름 후에는 출발해야 돼. 이곳에서는 내가 출발하는 것이 그렇게 빠르리라고는 아무도 모르지. 자네한테만 살짝 알려 주는 거야. 나는 새벽에 출발하겠어. 출발 전날 밤은 나한테는 언제나 무서운 하룻밤이지. 자네가 도덕군자 같은 인간이 아니라는 증거를 보여 주게나. 그 마지막 하룻밤을, 자네가 내 곁에서 보내 줄 것을 바라도 괜찮을까?"

"하지만 그전에 만날 수도 있잖아." 하면서 나는 약간 당황했다.

"아냐, 보름 동안 나는 이곳에서는 누구하고도 만나지 않을 거야. 파리에도 없을 거야. 내일, 나는 부다페스트로 떠나

엿새 후에는 로마로 가야 해. 유럽을 떠나기 전에 키스해 주고 싶은 친구가 여기저기에 있거든. 또 한 사람, 마드리드에서 날 기다리는 사람이 있지……."

"알았어. 그 전날 밤을 자네와 함께 보내겠네."

"그리고 함께 쉬라즈 술을 마셔 보세." 메날크는 말했다.

그 야회가 있은 며칠 후, 마르슬린의 건강이 나빠지기 시작했다. 그녀가 이따금 피로해지는 것은 앞서 말한 바와 같다. 그러나 그녀는 우는 소리를 피했다. 게다가 나도 그녀의 피로를 임신 탓으로 돌렸기 때문에 매우 당연한 것으로 생각하고 별로 걱정하지 않았다. 어느 늙은 의사가, 지독한 돌팔이 의사였는지 아니면 진찰이 충분하지 못했던 것인지 애초에 우리를 완전히 안심시켰기 때문이다. 그러나 얼마 안 가서 새로운 탈이 생기고 열까지 났으므로 나는 당시, 가장 훌륭한 전문의로 알려진 Tr 박사를 초빙할 것을 결심했다. 박사는 내가 좀 더 빨리 부르지 않았던 것에 놀라워했다. 그리고 엄중한 요양을 명령했다. 그녀는 벌써 전부터 그 요법을 실행해야 했다. 매우 무모한 열성으로 마르슬린은 지금까지 몸을 너무 많이 부렸다. 1월 말로 예정된 분만 날까지 그녀는 긴 의자에 누운 채로 지내야만 했다. 아마 다소 불안하기도 했고 또 입 밖에 내는 이상 걱정이 되었던 모양으로 마르슬린은 극히 까다로운 명령에도 참으로 온순하게 복종했다. 그러나 Tr 박사가 태아에 영향을 미칠지도 모르겠다면서 그녀도 알 수 있을 정도로 많은 키니네[48]를 먹도록 명령했을 때에는 그녀도 한때 반

48　말라리아 치료제로 해열제, 강장제 따위로 쓴다.

항하고 흥분했다. 사흘 동안 그녀는 그것을 완강하게 거부했다. 그러나 그동안 열이 올랐으므로 그녀도 더 이상 복종하지 않을 수 없었다. 그러나 이번에는 매우 슬픈 듯했다. 미래에 대한 애처로운 체념 같은 것이 느껴졌다. 일종의 종교적인 인종(忍從)이 지금까지 그녀를 지탱하던 의지를 절단했다. 그리하여 그녀의 용태는 그 후 며칠 동안에 급작스레 악화되었다.

나는 정성껏 그녀를 보살펴 주고, 그녀 용태를 그리 대단하게 생각하지 않는 Tr 박사의 말과 똑같은 말로 될 수 있는 대로 그녀를 안심시켰다. 그러나 그녀가 너무도 걱정하므로 나중에는 나까지 불안해졌다. 아! 우리 행복이 희망에, 더구나 어떤 불확실한 미래에 이미 의지하고 있었다는 것은 얼마나 위험한 일인가! 애초에는 과거에만 흥미를 갖고 있던 나는 어느 날 순간이 갖는 찰나적인 흥취에 도취할 수 있었다고 생각했으나, 현재가 과거에 환멸을 느끼게 한 이상으로 미래가 현재에 환멸을 느끼게 했다. 그리고 소렌토에서 보낸 그날 밤 이래, 이미 내 사랑의 모든 것, 내 삶의 모든 것은 미래를 향하고 있었다.

그러는 동안 메날크와 약속했던 밤이 다가왔다. 마르슬린을 겨울밤 내내 혼자 내버려 둔다는 것은 꺼림칙했으나 진지한 모임이라는 것과 약속이 중대하다는 것을 성의껏 그녀에게 납득시켰다. 마르슬린은 그날 밤에는 다소 나은 편이었다. 그래도 나는 걱정이었다. 그래서 간호부를 나 대신 그녀 곁에 두었다. 그러나 길에 나오자마자 내 걱정은 더욱 더해졌다. 나는 그것을 뿌리치고 싸우며, 완전히 씻어 버릴 수 없는 자신이 안타까웠다. 나는 그렇게 해서 차츰 극도의 긴장 상태와 이상한 흥분 상태에 빠졌다. 그러한 상태를 일어나게 한 괴로운 불안과는 매우 다른 것이기도 했고, 또 매우 가까운 것이기도 했으나 그보다는 행복에 더욱 가까운 것이었다. 밤이 이슥했다. 나는 큰 걸음으로 걷고 있었다. 눈이 펑펑 쏟아지기 시작했다. 나는 마침내 살을 찌르는 듯한 차가운 공기를 마시고, 추위와 싸우는 것이 즐거웠다. 바람과 밤과 눈에 맞서는 것이 행복했다. 나는 나의 힘을 기분 좋게 음미했다.

메날크는 내 발자국 소리를 듣고 계단 위에 모습을 나타냈다. 그는 나를 몹시 기다리고 있었다. 그는 창백했고 약간 긴장한 것 같았다. 내 망토를 벗겨 주고 내가 신었던 축축한 장화를 부드러운 페르시아 슬리퍼로 바꾸어 신게 했다. 난로 곁에 있는 둥근 테이블 위에는 먹음직스러운 과자가 놓여 있었다. 램프 두 개가 방 안을 비추고 있었으나 난롯불이 그보다도 밝게 타고 있었다. 메날크는 먼저 마르슬린의 용태를 물었다. 나는 이야기를 간단하게 하기 위해 매우 좋아졌다고 대답했다.

"자네 아이는 곧 태어나는 건가?" 하고 그는 말했다.

"한 달 남았네."

메날크는 얼굴을 숨기기라도 하는 듯이 난롯불 쪽으로 몸을 굽혔다. 그는 잠자코 있었다. 너무도 오랫동안 말을 하지 않았으므로 나도 무어라고 말을 건네야 할지를 몰라 나중에는 몹시 거북해졌다. 나는 일어서서 두세 발짝 걸었다. 그리고 그에게 다가가서 그의 어깨에 손을 얹었다. 그러자 그는 자기 생각을 계속하는 듯이 중얼거렸다.

"선택하지 않으면 안 돼. 중요한 것은 자기가 원하는 바를 아는 거야⋯⋯."

"뭐라고! 자네는 떠나고 싶지 않나?" 하고 나는 그의 말을 어떻게 해석해야 할지 확실히 몰라서 물어보았다.

"그렇게 보일는지도 모르지."

"그럼 주저하나?"

"뭣 때문에? 처자가 있는 자네는 그대로 머무르게나……. 수많은 삶의 형태 중에서 각자는 오직 하나만 경험할 수 있네. 남의 행복을 부러워한다는 것은 미친 짓이야. 행복을 써먹을 줄도 모를 테니까 말이야. 행복은 기성복이 아니라 맞춤복을 원하는 데에 있어. 난 내일 떠나네. 나는 이 행복을 내 키에 맞추어서 재단하려고 애쓴 걸 알아……. 자네는 자네 가정의 조용한 행복을 지켜 주게나……."

"나도 내 키에 맞추어서 행복을 재단했어." 하고 나는 외쳤다. "하지만 나는 자랐어. 지금은 내 행복이 몸에 죈단 말이야. 때로는 거의 숨이 막힐 지경일세……."

"말도 안 돼! 곧 편해지겠지!" 하고 메날크는 말했다. 그리고 내 앞에 버티고 서서 내 눈을 들여다보았다. 그리고 내가 아무 할 말을 찾아내지 못했으므로 좀 쓸쓸한 듯이 미소를 지으며 말했다.

"사람들은 소유하고 있다고 믿지만 실은 소유당하고 있는 거야. 자, 쉬라즈를 따라 마시게, 미셸. 좀처럼 맛볼 수 없는 거야. 그리고 이 장미색 국수를 들게. 페르시아 사람들이 쉬라즈를 마실 때 먹는 거야. 오늘 밤에는 자네와 함께 마시고, 내일 떠나는 것도 잊은 채 이 밤이 언제까지나 새지 않는 양 천천히 얘기하고 싶어……. 오늘날 왜 시가, 특히 철학이 죽은 글자가 되었는지 자네는 아나? 시와 철학이 삶에서 떨어져 나갔기 때문이야. 그리스는 삶을 그대로 이상화했어. 그래서 예술가의 삶은 그 자체가 이미 시의 실현이었거든. 철학자의 삶은 자기 철학의 실천이었어. 그래서 시도, 철학도 삶 가운데 뒤섞여서 서로 모른 체하기는커녕 철학은 시를 기르고 시는 철학을 노래하며 서로 납득함으로써 훌륭한 융화를 이루었던 거지. 오늘날에는 아름다움은 이미 행동하지 않고, 행동은 이미 아름다워지려고 애쓰지 않아. 그리고 지혜는 그것들과는 별도로 움직이네."

"자신의 지혜로 살고 있는 자네가 어째서 회상록을 쓰지 않는가?" 하고 나는 말했다. 그가 미소 짓는 것을 보고 나는 다시 말했다. "적어도 여행의 추억이라도 말이야."

"나는 회상하고 싶지 않기 때문이야." 하고 그는 대답했다. "그런 짓을 하면 미래가 오는 것을 가로막고 과거를 침식하는 것만 같거든. 나는 어제를 완전히 잊어버림으로써 시시각각 신선함을 만들어 내려고 해. 이전에 행복했다는 것만으로는 나에게는 충분하지 않단 말이야. 나는 죽은 것을 믿지 않아. 그리고 이미 존재하지 않는다는 것과, 이전에 존재하지 않았다는 것을 같은 것으로 생각하지."

너무도 내 생각을 앞지르는 이 말에 마침내 나는 화가 났다. 될 수만 있다면 그를 뒤로 끌어당겨 그만두게 하고 싶었다. 그러나 반박의 말이 아무래도 찾아지지 않았다. 게다가 나는 메날크에 대해서라기보다 나 자신에게 더욱 화가 났다. 그래서 나는 잠자코 있었다. 그는 우리 속에 갇힌 야수처럼 왔다 갔다 하며 불 쪽으로 몸을 굽히기도 하고 한참 동안 잠자코 있기도 하더니 이윽고 느닷없이 이렇게 말했다.

"적어도 우리의 이 별 볼일 없는 머리가 추억을 시들지 않게 보전해 준다면 얼마나 좋을까! 그러나 이 추억이라는 것은 보존하기가 힘들어. 맛이 가장 섬세한 것들은 이내 벗어지고,

가장 관능적인 것들은 썩고, 가장 달콤한 것들은 나중에는 가장 위험한 것이 되지. 사람들을 뉘우치게 하는 것은 처음에 달콤했던 것이네."

또다시 오랜 침묵이 흘렀다. 그러자 이윽고 그는 또 말하기 시작했다.

"애석, 회한, 후회, 이것들은 모두 등 뒤에서 본 과거의 기쁨일세. 나는 뒤돌아보는 것을 좋아하지 않아. 새가 오를 때 자기 그림자를 버리는 것처럼 나도 내 그림자를 멀리 버리는 거야. 아! 미셸, 모든 기쁨이 항상 우리를 기다리고 있네. 그러나 항상 텅 빈 잠자리를 찾아서 홀로 있고 싶어 하지. 그리고 사람들이 홀아비처럼 자기에게로 와 주기를 바라고 있어. 아! 미셸! 모든 기쁨은 날마다 썩어 가는 사막의 만나⁴⁹와 같은 거야. 그리고 플라톤이 말하는, 어떤 항아리에도 담아 둘 수 없는 아멜레스의 샘물⁵⁰과도 같은 거네……. 매순간 제가 가지고 온 것을 모조리 가지고 가는 걸세."

메날크는 더 오래 말했다. 나는 여기에 그의 말을 죄다 옮길 수는 없다. 그러나 그 대부분은 빨리 잊어버리고 싶다고 생각한 만큼 더욱 강하게 내 마음에 새겨졌다. 그 말들이 나에게 새로운 것을 가르쳐 주기 때문이 아니라 내 생각을 갑자기 발가벗겨 버렸기 때문이다. 내가 그렇듯 베일로 덮어씌우고, 거의 질식시키고 싶었던 생각을 말이다. 그렇게 밤을 꼬박 새어 버렸다.

---

49 구약성경의 「출애굽기」 참조.
50 그리스신화에 나오는 강으로 그 물을 마시면 앞선 생애의 모든 것을 잊게 된다고 함.

그런데 아침이 되어 메날크가 기차로 떠나는 것을 배웅한 후 마르슬린에게로 돌아가려고 혼자서 걷고 있을 때, 뭐라고 말할 수 없는 슬픔이, 메날크의 파렴치한 기쁨에 대한 증오가 가슴속에 가득 차오르는 것을 느꼈다. 나는 그 기쁨이 거짓이기를 바라면서 부정하려고 애썼다. 나는 그에게 제대로 대답할 수 없었던 것에 화가 났다. 게다가 그에게 내 행복과 내 사랑을 의심하게 만들 만한 말을 했던 것에 화가 났다. 그리고 의심스러운 내 행복, 메날크가 말한 나의 '조용한 행복'에 달라붙었다. 아! 이 행복에서 불안을 멀리할 수는 없었으나, 이 불안이 사랑의 양식이 되어 주었으면 하고 생각했다. 나는 미래 쪽으로 몸을 굽혔다. 그러자 거기에는 이미 나를 보고 방긋 웃는 나의 어린 아이의 모습이 보였다. 그 아이 덕분에 내 정신은 다시 새로워지고 힘을 얻었다……. 나는 확고한 발걸음으로 단호하게 걸어갔다.

아, 슬프게도! 그날 아침, 나는 집으로 돌아가서 문간방에 들어가자마자 여느 때에는 없었던 어수선한 분위기에 놀랐다. 간호부가 마중 나와 조용한 말로 상황을 알려 주었다. 밤중에 아내가 끔찍한 고통을 겪고 아직 출산 시기가 되었다고는 생각되지 않는데도 마침내 진통을 일으켰다는 것, 아내는 용태가 몹시 나쁘다고 느껴 의사를 부르러 보냈다는 것, 의사는 밤중에 황급히 와 주었으나 아직도 환자 곁을 떠나지 않고 있다는 것 등을 말했다. 그리고 내 얼굴이 창백해진 것을 보았는지 나를 안심시키려고 이제는 훨씬 좋아져서…… 하고 말을 꺼냈으나 나는 마르슬린 방으로 달려갔다.

방 안은 어두웠다. 그래서 처음에는 의사의 모습밖에 보이지 않았다. 의사는 조용히 하라고 손짓을 했다. 이윽고 어둠 속에서 여태 보지 못했던 모습이 보였다. 나는 불안한 마음으로 조용히 침대로 다가갔다. 마르슬린은 눈을 감고 있었다. 얼굴이 굉장히 창백했으므로 처음에는 죽은 것이 아닐까 하고 생각했다. 그러나 눈을 감은 채 그녀는 얼굴을 내 쪽으로 돌렸다. 방 안 어두운 한쪽 구석에서 낯선 사람이 여러 가지 물건을 챙기며 숨기고 있었다. 나는 번뜩이는 기구와 탈지면을 보았다. 그리고 피 묻은 헝겊을 보았다, 아니, 본 것처럼 느껴졌다……. 나는 나 자신이 비틀거리는 것을 느꼈다. 하마터면 의사 쪽으로 넘어질 뻔했으나 의사가 받쳐 주었다. 나는 알게 되었다. 그러나 아는 것이 두려웠다.

"아기는?" 하고 나는 불안해하며 물었다.

의사는 슬픈 듯이 어깨를 움츠렸다. 나는 무엇을 하고 있는지 더 이상 모른 채 흐느끼면서 침대에 몸을 내던졌다. 아아! 느닷없는 미래였다! 땅이 갑자기 발밑에서 꺼졌다. 내 앞에는 이미 텅 빈 구멍밖에 없었다. 나는 송두리째 그곳으로 빠져 들어갔다.

거기서 모든 것이 캄캄한 추억 속에 뒤섞여 버린다. 그러나 마르슬린은 처음에는 회복이 제법 빠른 듯 여겨졌다. 연초의 휴가로 다소 틈이 생겼으므로 나는 하루의 거의 모든 시간을 그녀 곁에서 지낼 수 있었다. 그녀 곁에서 책을 읽거나, 글을 쓰거나, 혹은 조용히 그녀에게 책을 읽어 주거나 했다. 외출을 하면 반드시 꽃을 갖다주었다. 나는 나 자신이 병이 났을 때 그녀가 다정하게 돌보아 준 것을 상기하고 깊은 애정으로 간호했으므로 이따금 그녀는 참으로 행복한 듯이 미소를 지었다. 우리의 희망을 꺾어 버린 저 슬픈 일에 대해서는 서로 한 마디도 하지 않았다…….

이윽고 정맥염이 발병했다. 그리고 몸이 쇠약해지기 시작했을 때 갑자기 혈전이 그녀를 삶과 죽음의 경계로 몰아넣었다. 밤중의 일이었다. 내 심장이 그녀 심장과 함께 멈추거나 움직이기 시작하는 것을 느끼면서 그녀에게 몸을 기울이고 있었던 모습이 아직도 눈에 선하다. 그렇게 얼마나 숱한 밤을 새며 그녀를 간호했는지! 그녀에게 시선을 고정한 채 사랑의 힘으로 나의 생명을 조금이라도 그녀 생명 속에 넣어 줄 것을 바라면서. 그리고 나는 이제 행복에 대해서는 그다지 생각하지 않았으나, 유일한 내 서글픈 기쁨은 간혹 마르슬린이 미소 짓는 모습을 보는 것이었다.

내 강의는 다시 시작되었다. 준비를 하고, 강의를 하는 힘을 나는 어디서 찾아냈던 것일까……? 내 추억은 사라져 버리고 한 주, 한 주 어떻게 계속되어 갔는지 기억할 수 없다. 그러나 여기, 사소한 일이기는 하지만, 자네들에게 말해 주고 싶은 것이 있다.

혈전이 생기고 얼마 후, 어느 날 아침에 일어난 일이었다. 나는 마르슬린 곁에 있다. 그녀는 다소 회복된 듯이 보인다. 그러나 아직도 절대 안정해야 한다. 심지어 팔도 움직여서는 안 된다. 나는 그녀에게 음료를 마시게 하기 위해서 몸을 숙인다. 그녀가 마시고 난 후 내가 아직도 그녀 곁에서 몸을 숙인 채로 있으니까 그녀는 자그마한 상자 하나를 눈으로 가리키면서 병이 나서 한층 가늘어진 소리로 열어 달라고 말한다. 상자는 곁의 테이블 위에 있다. 나는 그것을 연다. 그 속에는 리본이라든가 장식용 레이스와 헝겊 조각, 자그마한 값싼 보석 등이 가득 들어 있다. 무엇이 필요한 것일까? 나는 상자를 침대 곁으로 갖고 간다. 물건들을 하나하나 끄집어낸다. 이것인가? 저것인가? ……아니다. 아직 아니다. 나는 그녀가 좀 불안해하는 것을 느낀다. "아! 마르슬린! 당신이 원하는 건 이 작은 묵주로군!" 그녀는 애써 미소를 지으려고 한다.

"그럼 내가 당신을 충분히 돌봐 주지 못해서 걱정이 되나 보지?"

"어머나! 여보!" 하고 그녀는 중얼거린다. 그래서 나는 비스크라에서 한 우리 대화를 회상한다. 그녀의 이른바 '하나님의 도우심'을 내가 거절했을 때 그녀가 소심하게 비난을 했던 것이 생각난다. 그래서 나는 약간 퉁명스럽게 말한다.

"나는 혼자서 잘 나았는걸."

"내가 당신을 위해 얼마나 기도를 했는데." 하고 그녀는 다정스럽게, 쓸쓸하게 말한다. 나는 그녀 시선 속에서 애원하는 듯한 불안한 표정을 느낀다……. 나는 묵주를 집어, 모포 위에서 가슴에 얹고 있는 여윈 손에 살짝 쥐어 준다. 눈물과 사랑에 가득 찬 눈동자가 나에게 감사한다. 그러나 그 눈동자에 나는 답할 수가 없다. 나는 잠시 머뭇거리고 어찌할 바를 몰라 당황한다. 마침내 더 참지를 못한다.

"잘 있어." 하고 나는 그녀에게 말한다. 그리고 적의를 품으면서 마치 쫓겨난 것처럼 방을 나온다.

그러는 동안 혈전이 꽤 중대한 장애를 일으켰다. 심장에서 내뱉어진 끔찍한 핏덩이는 폐를 피로하게 하고, 충혈시키고, 호흡을 방해하고, 숨을 곤란케 해서 그녀는 그르렁거렸다. 나는 그녀가 완쾌되는 것을 보는 일은 이제 없을 것이라고 생각했다. 병은 마르슬린의 몸 안으로 들어가자 그곳에서 살고,

그곳에 낙인을 찍고, 그녀를 더럽혔다. 그녀는 이제 폐물이 되었다.

3

계절은 차츰 따뜻해졌다. 강의가 끝나자마자 나는 마르슬린을 라모리니에르로 전지 요양 보냈다. 의사가 이제 절박한 위험은 사라졌으며, 완전히 회복하기 위해서는 신선한 공기 이상의 것은 없다고 단언했기 때문이다. 더욱이 나 자신도 휴식의 필요를 크게 느꼈다. 거의 매일 밤, 나 혼자서 도맡아 밤을 새워 가면서 한 간호, 언제까지나 계속된 마음의 피로, 특히 혈전으로 인한 그녀 심장의 격렬한 고동을 나에게도 느끼게 한 그 육체적인 교감, 그런 것이 모두, 마치 나 자신이 병난 것처럼 나를 피로하게 했다.

나는 오히려 마르슬린을 산으로 데리고 가고 싶었다. 그러나 그녀는 꼭 노르망디로 돌아가고 싶어 했으며, 그곳 기후 이상으로 자기 몸에 맞는 것은 없다고 주장했다. 그리고 내가 다소 무모하게 떠맡게 된 그 두 농원 상황을 보러 가 볼 필요가 있다고도 하면서 주의를 상기시켰다. 일단 책임을 맡은 이상 반드시 성공시켜야 한다고 그녀는 나를 설득했다. 그래서 그곳에 도착하자마자 그녀는 나를 졸라 땅을 둘러보게 했다……. 그녀의 이러한 친절 어린 강요 속에는 많은 자기희생이 포함되어 있었는지 모르겠다. 만약 그렇게 하지 않는다면, 아직도 간호가 필요한 그녀 곁에 내가 있어야 한다고 생각하고, 충분한 자유를 느끼지 못할 것을 두려워한 것인지도…….

어쨌든 간에 마르슬린은 차츰 회복했다. 또다시 볼에는 핏기가 살아났다. 그리고 그녀 미소에서 쓸쓸한 그림자가 사라져 가는 것을 느끼는 것 이상으로 내 마음을 안심시키는 것은 없었다. 그래서 나는 안심하고 그녀를 남겨 둘 수 있었다.

그렇게 해서 나는 또다시 농장 일에 전념하게 되었다. 마침 초벌 꼴을 베는 중이었다. 꽃가루와 향기를 실은 공기가, 취기가 잘 오르는 술처럼 처음에는 나를 황홀하게 했다. 나는 작년 이래로, 호흡한 적이 없었던 것 같았거나, 먼지밖에 마시고 있지 않았던 것 같았다. 그토록 대기가 기분 좋게 몸 안으로 스며들었던 것이다. 내가 도취되어 앉아 있는 비탈에서 라모리니에르가 눈 아래 보였다. 푸른 지붕들, 도랑에 괸 물, 그리고 그 둘레에 풀이 베인 들판과 풀이 무성한 또 다른 들판이 보였다. 저 멀리 굽이굽이 흐르는 시냇물과 더 먼 곳에는 작년 가을에 샤를과 함께 말을 타고 산책하던 숲이 보였다. 조금 전부터 들려 온 노랫소리가 가까워졌다. 쇠스랑이나 갈퀴를 어깨에 메고 집으로 돌아가는 꼴 베는 일꾼들이었다. 거의 다 낯익은 이들 농부들은, 유감스럽게도 내가 그 경치에 매료된 나그네가 아니라 그들 주인이라는 것을 상기시켜 주었다. 나는 그들에게 다가가서 미소를 짓고 말을 건네며, 한 사람 한 사람에게 오랫동안 물어보았다. 경작 상태에 관해서는 그날 아침에 보카주로부터 이미 보고를 듣고 있었다. 더구나 보카주는 정기적으로 편지를 보내어 농장에 관한 사소한 일도 나에게 알려 주었다. 개간은 꽤 잘되어 가고 있었다. 보카주가 애초에 예상하게 했던 것보다 훨씬 나았다. 그러나 두세 가지, 내 결정을 기다리는 중대한 일이 있었으므로, 별로 재미없었지만 그 대수롭지 않은 일에 피로해진 생명을 쏟아 넣어, 며칠 동안

힘껏 관리를 했다.

마르슬린이 손님을 맞이할 수 있을 만큼 회복하자 몇몇 친구들이 와서 묵게 되었다. 그들은 다정하고 전혀 시끄러운 데가 없는 친구들이었으므로 마르슬린은 기뻐했다. 반면에 그만큼 나는 마음을 놓고 집을 비울 수 있게 됐다. 나는 밭에서 일하는 일꾼들과 사귀는 것이 즐거웠다. 그들과 함께 있으면 배울 것이 훨씬 많다고 여겨졌다. 그들에게 질문을 많이 해서가 아니었다. 그게 아니라, 그들 곁에 있으면서 느꼈던 그러한 기쁨은 무어라고 표현하기가 어렵다. 나는 그들을 통해서 느끼는 것 같았다. 그리고 우리 친구들의 이야기는 말도 꺼내기 전에 벌써 내가 죄다 알고 있는 데 반해, 저 가난뱅이들은 보기만 해도 나로 하여금 끊임없는 감탄을 일으켰다.

처음에는 그들에게 질문을 할 때 내가 피했던 모든 호의적인 태도로 그들이 나에게 대답하는 듯 보였지만, 곧 그들도 내가 있는 것을 개의치 않았다. 나는 점점 더 그들과 접촉하게 되었다. 그들의 밭일을 보고 돌아다니는 것만으로는 만족할 수가 없었던 나는 그들이 노는 것을 보고 싶었다. 그들의 둔한 생각에는 도무지 흥미를 느낄 수 없었으나, 그들이 식사하는 자리에 앉아 그들의 농담을 듣고, 그들이 즐거워하는 모습에 도취되어 바라보았다. 그것은 마르슬린의 심장 고동과 함께 내 심장을 뛰게 하던 일종의 공감과도 같은 것이었다. 미지의 감각 하나하나에 대한 직접적인 반향이었다. 더욱이 그 반향은 막연한 것이 아니라 오히려 뚜렷하고, 날카로웠다. 나는 내 팔이 풀 베는 일꾼의 팔처럼 뻐근해지는 것을 느꼈다. 그가 피로해지면 나도 피로해졌다. 그가 마시는 사과술 한 모금은 내 목을 축여 주었고, 그 술이 그의 목을 통해 내려가는 것을 나는 느꼈다. 어느 날, 그들 중 한 사람이 낫을 갈다가 엄지손가락을 깊이 베었다. 나는 그의 아픔을 뼛속까지 느꼈다.

그렇게 해서 나는 단지 시각에 의해서 풍경을 배웠을 뿐만 아니라, 그 이상한 공감 때문에 무한히 펼쳐진 일종의 접촉을 통해 풍경을 느끼는 듯 여겨졌다.

보카주가 있으면 기분이 답답해졌다. 그가 오면 나는 주인인 체하지 않으면 안 되었고, 그런 것에서는 이제 아무런 흥미도 찾아볼 수 없었다. 필요할 때에는 나는 나름대로 농부들에게 명령하거나 지시하거나 했다. 그러나 그들을 너무 지배하는 것처럼 보여서는 안 된다고 생각해서 더 이상 말을 타지 않았다. 내가 있는 것을 그들이 어려워하지 않고, 내 앞에서 체면을 차리지 않도록 하려고 몹시 조심했으나, 그들 앞에 나타나자 나는 전과 마찬가지로 그다지 좋지 않은 호기심에 사로잡혔다. 그들 한 사람 한 사람의 존재가 나에게는 역시 수수께끼로 여겨졌다. 그들 삶의 일부분은 언제나 감추어진 것으로 보였다. 내가 없을 때 그들은 무엇을 하고 있었을까? 그들에게 더 이상 즐길 거리가 없다고는 생각되지 않았다. 그래서 그들 한 사람 한 사람에게 하나의 비밀이 있을 것이라고 상상했고, 어떻게든 그것을 알고 싶었다. 나는 여기저기 돌아다니고, 뒤를 밟고, 염탐했다. 나는 가장 거친 패들에게 주목했다. 마치 그들의 캄캄한 어둠 속에서 나를 비추어 줄 어떤 빛을 기다렸다는 듯이.

특히 한 사람이 내 마음을 끌었다. 그는 비교적 잘생기고, 큰 키에 결코 머리도 둔하지 않았으나 다만 본능만으로 움직이는 듯한 사내였다. 무엇을 하든지 돌발적이어서, 일시적인 본능에는 당장 지고 말았다. 그는 이 지방 사람이 아니라 우연히 고용된 사람이었다. 이틀 동안은 열심히 일을 하나 했더니 사흘째에는 형편없이 술에 취해 있었다. 어느 날 밤, 살짝 헛간으로 가서 그의 동정을 살펴보았다. 그는 건초 속에 뒹굴고 있었다. 술에 곯아떨어져 자고 있었다. 얼마나 오랫동안 나는 그를 보고 있었는지……! 어느 날 그는 왔을 때처럼 떠나 버렸다. 어떤 길로 갔는지 알고 싶을 정도였다……. 그날 밤 나는 보카주가 그를 내쫓은 것을 알았다.

나는 보카주에게 화가 났다. 그래서 그를 불러들였다.

"당신이 피에르를 내쫓은 모양인데." 하고 말을 꺼냈다. "그 이유를 들려주지 않겠소?"

나는 될 수 있는 대로 노여움을 꾹 참고 있었으나 그는 내 태도에 약간 당황했다.

"나리 역시 더러운 주정뱅이를 집에 둘 생각은 없지 않습니까? 좋은 일꾼들까지 물들어 버리니까요……."

"내가 집에 두고 싶은 사람은 당신보다 내가 더 잘 알지."

"그 놈팡이 자식! 그놈은 어디서 왔는지조차 알 수 없다니까요. 이 고장에도 도움이 될 리 없고요……. 밤중에 헛간에다 불이라도 질러 놓았다면 나리는 아마 만족하셨겠네요."

"하지만 어쨌든, 그건 나와 상관 있는 일이오. 농장은 내 것이라고 생각하는데. 나는 내 뜻대로 농장을 관리하고 싶어. 앞으로 사람을 자르기 전에 나한테 일단 그 이유를 알려 주도록 하시오."

보카주는 앞서도 말한 것처럼 나를 어린 시절부터 알았다. 그는 나를 사랑했으므로 내 말투가 아무리 비위에 거슬리는 한이 있더라도 그다지 화를 내지도 않았다. 더욱이 내 말을 그렇게 심각하게 생각하지도 않았다. 노르망디의 농부는 동기를 알지 못하는 일, 말하자면 이해관계가 없는 일에 대해서는 대체로 신뢰하지 않는다. 보카주는 그 말다툼을 단지 하나의 변덕이라고 생각했다.

그런데 나도 비난을 늘어놓은 것만으로 말을 그치고 싶지 않았고, 또 내가 너무 심했다고 느꼈으므로 덧붙일 말은 없을까 하고 찾았다.

"당신 아들 샤를은 곧 돌아오지 않소?"라고 나는 잠시 잠자코 있은 후에 물어보기로 결정했다.

"나리가 그 애에 대해 그다지 걱정하지 않기에 이젠 잊어버리신 줄 알았죠." 아직도 기분이 풀리지 않은 채 보카주는 말했다.

"내가 잊어버렸다고! 보카주, 작년에 우리가 함께 일했는데 어떻게 그 앨 잊어버리겠소? 심지어 농장 일에 대해서 나는 그 애한테 크게 기대를 걸고 있는데……."

"감사합니다, 나리. 샤를은 일주일 후에 돌아올 겁니다."

"그런가, 보카주, 나도 기쁘군." 그리고 나서 나는 그를 돌려보냈다.

보카주가 말한 것은 거의 옳았다. 물론 나는 샤를을 잊어버리지는 않았지만 이미 마음에 두고 있지도 않았다. 그렇게 사이좋게 지냈는데도 귀찮아지고, 서먹서먹한 무관심밖에 느껴지지 않는 것을 도대체 어떻게 설명할 것인가? 내 일과 취미가 이미 작년과는 달랐기 때문이다. 고백해야겠거니와 그 두 농장은 이제 그곳에서 부리는 일꾼들에 비해 내 흥미를 끌지 못하게 되었다. 그리고 그들과 친밀하게 지내려고 한다면, 샤를의 존재는 아무래도 방해가 될 듯했다. 그는 지나치게 분별 있었고 또 지나치게 뽐냈다. 그래서 그에 대한 추억은 내

가슴에 생생한 감동을 불러일으켰지만, 나는 그가 돌아오는 날이 가까워지는 것을 불안한 마음으로 지켜보았다.

그는 돌아왔다. 아! 내 걱정은 얼마나 옳았으며, 메날크가 모든 추억을 거부한 것은 얼마나 현명한 일이었나! 나는 샤를 대신 이상한 중절모를 쓴 묘한 신사가 들어오는 것을 보았다. 맙소사! 그는 얼마나 변했는가! 어색하고 서먹했으나 그가 모처럼 나를 만나서 기뻐했으므로 나는 너무 쌀쌀한 응대를 하지 않도록 애썼다. 그러나 나는 그가 기뻐하는 태도까지 불쾌했다. 참으로 어색해서 진심으로 느껴지지 않았다. 객실에서 그를 맞아들였는데 날이 저물었으므로 그의 얼굴이 잘 보이지 않았다. 그러나 램프가 들어왔을 때, 그가 구레나룻을 기른 것을 보고 더욱 불쾌해졌다.

그날 밤에는 이야기에 전혀 활기가 없었다. 그 후 그가 늘 농장으로 가는 것을 알고 있었기에, 나는 근 일주일 동안 그곳으로 가는 것을 피했다. 그리고 갑자기 방향을 돌려 내 연구와 손님 접대에 전념했다. 이윽고 다시 외출하기 시작하자 완전히 새로운 일에 붙들리고 말았다.

나무꾼들이 숲에 들어와 있었다. 해마다 숲 나무를 일부 팔았다. 숲을 벌채 구역 열두 개로 나누어서 해마다 잡목과, 성장할 가망이 없는 어린 나무를 벌채해서 장작으로 내보냈다.

겨울철에 하는 일이었다. 그리고 매매 계약에 따라 나무꾼들은 봄이 될 때까지 벌채를 끝내지 않으면 안 되었다. 그러나 그 일을 지휘하는 재목상인 외르트방 영감이 지독한 게으름뱅이였으므로 때로는 벌채를 다 마치기도 전에 봄이 되었다. 그러면 시든 가지 사이에서 야들야들한 새싹이 돋아났으므로 나무꾼들이 정작 정리 작업에 나설 때에는 많은 싹이 다 치지 않을 수 없었다.

그해, 매수인 외르트방 영감의 태만은 우리 예상 이상이 었다. 경매가 전혀 없었으므로 나는 그에게 벌채 구역 나무를 몹시 싼값으로 양도하지 않으면 안 되었다. 그래서 그는 언제 해도 손해는 없다고 안심하고 헐값으로 산 나무를 도무지 벌 채하려고 서두르지 않았다. 그러고는 인부가 없다느니, 날씨 가 나쁘다느니, 말이 아프다느니, 근로 봉사가 있다느니, 다른 일이 있다느니, 그 밖의 별별 핑계를 만들어서 한 주 한 주 작 업을 늦추었다……. 그래서 한여름인데도 아직 전혀 정리가 되어 있지 않았다.

그런 일이 지난해에 있었다면 나는 굉장히 화를 냈을 것 이다. 그러나 그 해에 나는 꽤 침착했다. 외르트방 때문에 입 은 손해를 모르는 바는 아니었다. 그러나 그렇게 거칠어진 숲 은 아름다웠다. 나는 사냥감을 찾거나, 살무사를 놀라게 하면 서 숲 속을 즐거이 산책했다. 그리고 쓰러진 밑동에 오래 앉아 있었다. 밑둥치는 아직도 살아 있는 듯 보였고, 그 베인 자리 에 자그마한 푸른 가지가 나 있었다.

그러나 갑자기, 8월 중순 무렵 외르트방이 인부를 보내 주 기로 결정했다. 열흘 안에 완전히 작업을 마치겠다면서 한꺼 번에 여섯 인부가 들이닥쳤다. 숲에서 벌채된 부분은 거의 라 발트리에 접해 있었다. 나는 나무꾼들의 작업을 편하게 해 주 기 위해 그들의 식사를 농장에서 운반해 줄 것을 승낙했다. 그 역할을 분부받은 사람은 마침 쓸모가 없다고 군대에서 막 쫓 겨난 뷔트라는 녀석이었다. 몸이 퍽 건장한 것을 보아 쓸모가 없다는 것은 머리 쪽인 모양이었다. 그는 내 고용인들 중에서 내가 가장 이야기하고 싶어 했던 사람이었다. 그래서 그 이유로 나는 일부러 농장에 가지 않아도 그를 만날 수 있었다. 더구나 마침 나는 그 무렵 다시 외출하기 시작하고 있었다. 며칠 동안 나는 거의 숲을 떠나지 않았다. 라모리니에르로 돌아가는 것은 식사 시간뿐이었으며 더구나 종종 늦어지기 일쑤였다. 나는 작업을 감시하는 척했으나, 실은 인부만을 쳐다보고 있었던 것이다.

이따금 그 여섯 명 가운데 외르트방의 두 아들이 끼었다. 형은 스무 살이고 동생은 열다섯 살이었다. 두 사람 다 늘씬하여 맵시가 좋았고 표정은 딱딱했다. 아무래도 외국인 스타일이었는데 과연 나중에 듣고 보니 그들 어머니는 스페인 사람이었다. 나는 처음에 스페인 여자가 어떻게 이런 곳까지 왔을까 하고 놀랐다. 그러나 젊었을 때 형편없이 방랑벽이 심했던 외르트방이 스페인에서 그녀와 함께 살았던 모양이다. 그 때문에 이 고장에서는 그다지 좋게 생각되지는 않았다. 내가 동생을 처음 만난 것은 아마 비 오는 날이었을 것이다. 그는 무척 높다란 짐수레에 장작을 산더미처럼 싣고 그 꼭대기에 혼자 앉아 있었다. 그리고 장작 속에 버티고 앉아서 근처에서는 결코 들어 보지 못한 어떤 이상한 노래를, 부른다기보다는 외치고 있었다. 짐수레를 끄는 말은 길을 알고 있었으므로 마부 없이 가고 있었다. 나는 그 노래에서 받은 인상을 무어라고 표현할 수가 없다. 왜냐하면 그런 노래는 아프리카에서밖에 들은 적이 없었기 때문이다……. 소년은 흥분해서 마치 술 취한 것 같았다. 내가 지나가도 이쪽을 쳐다보지도 않았다. 다음 날, 나는 그 소년이 외르트방의 아들이라는 것을 알았다. 내가 그처럼 벌채 숲 속에서 우물쭈물했던 것은 바로 그를 다시 만나거나, 적어도 그를 기다리기 위해서였다. 이윽고 벌채 구역 정리가 완전히 끝났다. 외르트방의 아들들은 세 번밖에 오지 않았다. 그들은 거만해 보였으므로 나는 그들에게 한 마디 말도 시킬 수 없었다.

그에 반해 뷔트는 이야기하기를 좋아했다. 이윽고 나는 내 앞에서는 어떤 말을 해도 상관없다는 것을 그에게 납득시켰다. 그 뒤부터 그는 아무 거리낌 없이 마을 내막을 폭로했다. 탐욕스러울 정도로 나는 그 비밀에 관심을 가졌다. 그것은 내가 기대한 이상이기도 했으나 동시에 나를 만족시켜 주지도 않았다. 겉모습 아래에서 술렁였던 게 그것이었나? 혹은 아마 그것도 하나의 새로운 위선에 지나지 않았던 것일까? 아무튼 상관없다! 그런데 나는 이전에 미완성 고트 연대기를 조사했을 때처럼 뷔트를 여러 가지로 조사해 보았다. 그의 말에서 깊은 구렁의 혼탁한 독기가 솟아올라, 벌써 나를 취하게 하여 나는 불안해하면서도 그것을 마셨다. 그의 입을 통해 나는 제일 먼저 외르트방이 자기 딸과 성관계를 가지는 것을 알았다. 그런 일을 비난하는 태도를 조금이라도 보인다면, 그가 비밀 이야기를 중단해 버릴까 봐 염려하여 나는 그냥 미소 지었다. 나는 호기심에 쫓겼던 것이다.

"그럼 어머니는? 아무 말도 안 하나?"

"어머니요! 벌써 십이 년 전에 죽은걸요……. 그가 그녀를 때리곤 했죠."

"가족은 몇이지?"

"아이들이 다섯이에요. 나리가 보신 것은 장남하고 막내예요. 그리고 열여섯 살이 되는 아이가 있어요. 튼튼하지 않아서 신부가 되고 싶어 해요. 그리고 맏딸한테는 벌써 아버지의 아이가 둘이나 있습니다…….”

　　그렇게 해서 나는 조금씩, 다른 여러 가지를 알았다. 그의 말로 미루어 보아 외르트방 집은 악취가 코를 찌르는 생지옥이었다. 내 상상은 좋든 싫든 고기에 모여드는 파리 떼처럼 그 둘레를 빙빙 돌았다. 어느 날 밤, 장남이 젊은 하녀를 덮치려고 했다. 그러자 하녀가 몸부림치며 반항했으므로 아버지가 나와서 아들 편을 들어 큼직한 손으로 하녀를 꼼짝 못하도록 눌러 버렸다. 그동안 차남은 2층에서 조용히 기도를 올리고 막내아들은 그 광경을 눈앞에서 보며 좋아했다. 아마 덮치는 게 그다지 어렵지는 않았던 모양이다. 뷔트가 덧붙인 바에 따르면, 그 후 곧 하녀는 그 맛을 알게 되어 작은 사제를 유혹하려고 했다니까.

　　“그런데 성공하지 못했나?” 하고 나는 물었다.

　　“사제는 아직도 버티고 있죠. 더욱 끈질기게 말예요.” 하고 뷔트는 대답했다.

　　“또 다른 딸이 있다고 했지?”

　　“예, 그 앤 상대가 누구든 닥치는 대로예요. 게다가 아무것도 달라고 하지 않아요. 반기기만 하면 저쪽에서 도리어 돈을 준다니까요. 그런데 아버지 집에서 잘 수는 없어요. 얻어맞으니까요. 아버지 주장은, 집안 식구가 집 안에서 멋대로 하는 것은 당연하지만 남들은 그러면 안 된다는 거예요. 나리가 쫓아낸 머슴 피에르 말예요, 그 자식도 그리 자랑은 하지 않았지만, 어느 날 밤, 들켜서 대가리에 구멍이 나고 말았어요. 그 후부터 나리의 이 성관 숲에서 빈둥거리고 있죠.”

　　그래서 나는 눈으로 상대방을 부추기면서 “너도 그랬나?” 하고 물었다.

그는 다만 체면상 눈길을 내리깔았으나, 낄낄 거리면서 "이따금요." 하고 말했다. 그리고 갑자기 눈을 들고는 "보카주 영감네 꼬마도 마찬가지예요." 하고 말했다.

"보카주네 꼬마라니, 누구 말이지?"

"알시드 말이죠. 언제나 밭에서 자요. 그럼 나리는 그 애를 모르세요?"

보카주에게 또 아들이 있다는 것을 알고 나는 몹시 놀랐다.

"하기야." 하고 뷔트는 계속했다. "작년에 그 애는 아직 자기 삼촌 집에 있었죠. 하지만 나리가 숲 속에서 만나신 적이 없다는 것은 참 이상하군요. 거의 매일 밤 밀렵을 해요."

뷔트는 이 마지막 말을 더욱 소리를 낮추어 말했다. 그는 내 얼굴을 가만히 살펴보았다. 그래서 나는 빙긋 웃어 보여야 한다는 것을 깨달았다. 그러자 뷔트는 안심하고 말을 이었다.

"난, 또. 그러니까 나리는 밀렵 사실을 아시는군요. 체! 숲은 넓으니까 뭐 그리 잘못한 건 아니죠."

내가 불만스러운 표정을 거의 보여 주지 않았으므로 뷔트는 이내 대담해졌다. 그리고 지금 생각하니, 보카주를 약간 헐뜯는 것이 기뻤는지, 알시드가 어느 구덩이에다 덫을 쳐 놓았는지 나에게 가르쳐 주고, 울타리 어느 곳에 있으면 거의 확실하게 그를 붙잡을 수 있는가를 알려 주었다. 그곳은 제방 위 숲 가장자리를 이루는 울타리에 있는 좁은 구멍이었는데, 알시드는 으레 그곳을 통하여 6시쯤 기어 들어오게 마련이었다. 뷔트와 나는 몹시 신이 나서 거기에 구리줄을 쳐서 보이지 않도록 잘 감추었다. 그리고 뷔트는 절대로 폭로하지 않겠다는 서약을 내게 하게 한 후, 이 일에 연루되고 싶지 않다면서 돌아가 버렸다. 나는 제방 뒤쪽에 몸을 숨겼다. 그리고 기다렸다.

그렇게 사흘 밤을 기다렸으나 아무 일도 없었다. 뷔트한테 속았다고 나는 생각하기 시작했다……. 마침내 나흘째 저녁, 발자국 소리가 아주 희미하게 가까워진다. 심장이 두근거리기 시작한다. 그리고 갑자기 밀렵자의 소름 끼치는 쾌감을 알게 된다……. 덫이 하도 잘 놓여 있었기 때문에 알시드는 똑바로 덫 속으로 걸려든다. 불쑥 발목이 잡혀서 자빠지는 것이 보인다. 도망치려다가 다시 넘어지고, 사냥당한 짐승처럼 몸부림친다. 그러나 이미 그는 내게 붙잡힌다. 그 녀석은 눈이 푸르고 머리칼이 흐트러진, 교활하게 생긴 부랑아다. 그는 나를 발로 찬다. 그리고 꼼짝 못하게 되자 물어뜯으려고 한다. 그러나 그렇게 할 수도 없게 되자, 내가 여태까지 들어 본 적 없는 어마어마한 욕설을 막 퍼붓기 시작한다. 마침내 더 이상 참을 수가 없어서 나는 웃음을 터트린다. 그러자 갑자기 그는 욕지거리를 멈추고 나를 쳐다보더니 나직이 말한다.

"제기랄! 나리가 날 병신으로 만들어 놨잖아요."

"어디, 좀 보자."

그는 양말을 나막신 위까지 끌어내려 발목을 보여 주었다. 거기에는 희미하게 약간 붉은 흔적이 보일 뿐이었다. "괜찮아." 그는 씩 웃고는 엉큼하게 말했다.

"나리가 덫을 놓았다고 아버지한테 일러바치겠어요."

"좋고말고! 이 덫은 네가 만든 것들 중 하나야."

"이걸 여기 놓은 게 나리가 아닌 것은 안단 말예요."

"왜 내가 아니라는 거지?"

"이렇게 잘 놓을 수 없으니까요. 그럼 어떻게 만드는지 한 번 해 보세요."

"나한테 가르쳐 줘……."

그날 밤, 나는 몹시 늦어서야 저녁 식사를 하려고 돌아갔다. 내가 어디로 갔는지 몰라서 마르슬린은 걱정하고 있었다. 그러나 덫을 여섯 개나 놓고 왔다는 것과, 알시드를 꾸짖기는커녕 10수를 주었다는 것 따위는 그녀에게 말하지 않았다.

다음 날, 알시드와 함께 덫을 거두러 가니 기분 좋게도 토끼 두 마리가 걸려 있었다. 물론 토끼는 그에게 주었다. 수렵기는 아직 시작되지 않았다. 잡은 짐승을 사람들에게 보이면 위험한데 그는 도대체 어떻게 처리했을까? 그에 관해서는 알시드가 내게 털어놓지 않았다. 역시 뷔트한테서, 외르트방이 밀매업 두목이며 그와 알시드 사이 중개를 막내아들이 하고 있다는 것을 마침내 알아냈다. 그리하여 나는 그 야만적인 집안에 차츰 더 깊이 걸려 들어가고 있었던 것일까? 얼마나 나는 열심히 밀렵을 했던가!

나는 매일 밤 알시드를 만났다. 토끼를 많이 잡을 수 있었다. 한번은 수사슴 한 마리가 걸려들었다. 사슴은 그때까지도 가까스로 숨을 쉬고 있었다. 알시드가 무척 기쁜 듯이 사슴을 죽인 것을 떠올리면 소름이 끼친다. 우리는 외르트방의 아들이 밤중에 가지러 올 수 있도록 사슴을 안전한 곳에 두었다.

그 무렵부터 나는 낮에 바깥에 나가고 싶지 않았다. 정리가 다된 숲은 그전만큼 매력이 없어진 것이다. 나는 공부하려고 애쓰기까지 했다. 목적이 없는 쓸쓸한 공부, ─ 왜냐하면 강의를 마치자 나는 보충 강의를 계속하는 것을 거절해 버렸다. ─ 보람 없는 헛된 공부. 밭에서부터 하찮은 노랫소리나 하찮은 소음이 들려와도 나는 금방 그쪽으로 정신이 팔렸다.

온갖 소리는 나를 부르는 소리가 되었다. 그렇게 해서 그 몇 번이나 책을 내동댕이치고 아무것도 지나가지 않는 창가로 달려가곤 했나! 몇 번이나 갑자기 바깥으로 뛰쳐나가서……. 내 유일한 관심사는 나의 모든 감각에 대한 것이었다.

그러나 어둠이 깔리면 — 그즈음은 이미 빨리 어두워졌다. — 우리의 시간이었고, 그 아름다움을 나는 그때까지 미처 몰랐던 것이다. 그리하여 나는 절도범들이 들어오는 것처럼 밖으로 나갔다. 내 눈은 야조(夜鳥)처럼 되었다. 나는 더 크게 보이는, 더욱 흔들리고 있는 풀과 우거진 나무들에 감탄했다. 밤은 모든 것을 우묵하게 하고, 멀리 하고, 지면에서 떼어 놓고, 모든 것의 표면을 깊숙하게 했다. 평탄한 오솔길도 위험하게 보였다. 어둠 속에서 사는 것이 사방에서 눈을 뜨고 있는 것을 느낄 수 있었다.

"네 아버지는 지금 네가 어디 있다고 생각할까?"

"외양간에서 가축을 지키고 있는 줄로요."

알시드는, 나도 알고 있었지만, 외양간에서 비둘기와 닭과 함께 잤다. 저녁이 되면 그곳에 갇혀 버리므로 지붕 구멍으로 빠져나왔다. 그의 옷에는 가금(家禽)의 훗훗한 냄새가 배어 있었다…….

이윽고 사냥감을 손에 쥐자 그는 부리나케 작별의 몸짓 하나 하지 않고, 내일 만나자는 인사조차 없이 마치 덫 속으로 빠져 들어가듯 어둠 속으로 사라져 버렸다. 그가 농장으로 돌아가기 전에 — 그곳에서는 개도 그한테는 짖지 않았다. — 외르트방의 막내아들을 만나서 제 먹이를 넘겨준다는 것을 나도 알고 있었다. 그러나 어디서 넘겨주는 것일까? 아무리 알고 싶어도 캐낼 수 없었다. 위협을 해도, 근사하게 속여도 아무래도 되지 않았다. 외르트방 집안은 남들을 얼씬도 못하게 했다. 나의 이 터무니없는 짓이 무엇에 가장 만족했는지 모르겠다. 언제나 내 앞에서 달아났던 하찮은 비밀을 추적하는 데서? 아마도 호기심 때문에, 비밀을 만들기까지 하는 데서? 그런데 알시드는 나와 작별하고 나서 무엇을 했던 걸까? 정말로 농장에서 자고 있었을까? 혹은 소작인들이 다만 그렇게 생각하게끔 했던 것일까? 아! 나는 공연히 골탕만 먹고 신용을 얻기는커녕 그의 존경을 더욱 잃기만 했던 것이 아닌가. 그렇게 생각하자 화가 치밀어 오르기도 하고 동시에 슬프기도 했다…….

그의 모습이 보이지 않게 되자, 나는 갑자기 혼자가 되어 소름이 끼쳤다. 그래서 밭을 가로질러, 이슬을 담뿍 머금은 풀 속에서, 밤과 야만적인 생활과 무질서에 취하여 이슬에 젖고 흙투성이가 되어 나뭇잎을 온몸에 뒤집어쓰고 돌아왔다. 저 멀리, 잠든 라모리니에르에서는 마치 평온한 등대처럼, 마르슬린 방의 등불이 나를 이끌고 있는 것 같았다. 그녀에겐 이처럼 밤에 산책을 하지 않으면 잠을 잘 수가 없다고 미리 타일러 놓았던 것이다. 사실이었다. 나는 내 침대가 싫었다. 차라리 헛간에서 자고 싶었다.

그해에는 사냥감이 많았다. 집토끼와 산토끼와 꿩이 연달아 잡혔다. 모든 일이 뜻대로 되어 가는 것을 보고, 뷔트도 사흘 밤이 지나자 우리 패에 들어오고 싶어 했다.

밀렵을 한 지 엿새째 되는 밤, 쳐 놓은 덫 열두 개 가운데 두 개밖에 찾아내지 못했다. 낮 동안에 빼앗겨 버렸던 것이다. 뷔트는 철사로는 안 된다고 하면서 구리줄을 사야겠으니 100

수를 달라고 했다.

다음 날, 나는 기쁘게도 보카주 집에서 우리가 쳐 놓았던 열 개의 덫이 있는 것을 발견했다. 나는 그의 부지런함을 칭찬해 주지 않으면 안 되었다. 제일 곤란한 것은 지난해에 경솔하게도 덫 하나를 압수하면 10수를 주겠다고 약속한 일이었다. 그래서 보카주에게 100수를 주지 않으면 안 되었다. 한편 뷔트는 100수를 주고 구리줄을 또 산다. 나흘 후에 같은 일이 생기고, 새로 사온 덫 열 개를 빼앗긴다. 그래서 다시 뷔트에게 100수, 다시 보카주에게 100수를 준다. 그런데 내가 보카주를 칭찬해 주자 "칭찬받을 사람은 내가 아니라 알시드죠." 하고 그는 말한다.

"설마!"

너무 깜짝 놀라면 기절하는 수가 있는 법이다. 그래서 나는 꾹 참는다.

"그렇다니까요, 나리." 하고 보카주는 계속한다. "나는 이제 완전히 늙어 버린 데다가 농장일도 힘에 겨울 정도죠. 그래서 그놈이 나 대신 숲을 감시해요. 그놈은 숲을 잘 알고 게다가 날쌘 놈이니까 덫을 찾아내는 걸 나보다 훨씬 잘한단 말씀예요."

"그 애한테는 수월한 일이겠군, 보카주."

"그래서 나리한테서 받은 10수 중에서 덫 한 개당 5수를 그놈한테 주고 있습죠."

"물론 그만한 가치가 되겠네. 아무렴! 닷새 동안 덫 스무 개라! 상당한 돈벌이군. 밀렵자들도 손을 들 수밖에 없겠네. 십중팔구 당분간 휴업이겠는데."

"천만에요! 나리. 덫을 더 빼앗기는 만큼, 더 찾아낼 겁니

다. 올해는 사냥감이 비싸게 팔리니까요. 몇 수 손해를 보더라
도 말입죠…….”

　나는 자칫 보카주도 한패가 아닐까 생각했을 만큼 보기
좋게 한 대 얻어맞았다. 내가 그 사건으로 화나는 것은 알시드
가 삼중 장사를 한다는 것이 아니라, 그가 그런 식으로 나를
속인다는 것이다. 그런데 뷔트와 그는 돈을 어디다 쓰고 있는
것일까? 나는 아무것도 알 수 없다. 그 패거리들에 대해서는
아무것도 알 수 없을 것이다. 그들은 언제나 거짓말을 할 것이
다. 오로지 속이기 위해 나를 속일 것이다. 그런데 그날 밤, 나
는 뷔트에게 100수가 아니라 10프랑[51]을 주었다. 그리고 이
것이 마지막이다, 설령 또 덫을 빼앗겨도 이제는 어쩔 수 없다
하고 미리 일러 주었다.

　다음 날 보카주가 왔다. 몹시 난처한 듯했다. 그의 표정을
보자 내가 더욱 난처해졌다. 도대체 무슨 일이 있었나? 보카
주 말로는 뷔트가 새벽녘에 겨우 농장으로 돌아왔으나 흡사
폴란드 사람처럼 술에 취해 있었다. 보카주가 무슨 말을 꺼내
니까 대번에 더러운 욕지거리를 퍼붓더니 결국 나중에는 달
려들어 때렸다는 것이다…….

　“요컨대.” 하고 보카주가 말했다. “나리 허가를,(이 말을 할
때 그는 잠시 망설였다.) 허가를 받고 그놈을 내쫓을 수 있을지
알고 싶어 왔습니다.”

　“생각해 보지요, 보카주. 그가 당신한테 버릇없는 짓을 했
다니 정말 유감이오. 알겠소……. 나 혼자서 그 문제를 좀 생
각해 봐야겠소. 그럼 두 시간 후에 여기서 다시 봅시다.”

보카주가 나갔다.

뷔트를 붙잡아 두는 것은 보카주를 무시하는 처사이기에 괴로운 일이다. 뷔트를 내쫓는다는 것은 그가 복수하도록 부추기는 꼴이다. 낭패로군. 될 대로 되겠지. 사실 나쁜 것은 나 혼자니까……. 그래서 보카주가 다시 오자마자 말했다.

"뷔트한테 여기서는 이제 더 이상 일이 없다고 말하도록 하시오."

그러고 나서 나는 기다린다. 보카주는 어떻게 했을까? 뷔트는 뭐라고 말했을까? 저녁이 되어서야 이 스캔들의 반향이 나타난다. 뷔트가 지껄여 댄 것이다. 나는 우선 보카주네 집에서 들려오는 고함 소리로 알 수 있다. 꼬마 알시드가 얻어맞고 있다. 곧 보카주가 올 것이다. 그가 온다. 늙은이의 발자국 소리가 가까이 오는 것이 들린다. 내 심장은 사냥감이 가까이 올 때 이상으로 세차게 두근거린다. 참을 수 없는 순간이다! 과장된 감정이 섞인 온갖 말을 늘어놓을 것이고, 나는 그 말을 진지하게 들어야만 할 것이다. 어떤 설명을 만들어 내야 할까? 나는 얼마나 서툰 연기를 하게 될지! 아! 내 배역을 제발 돌려줘 버리면 좋겠는데……. 보카주가 들어온다. 그가 말하는 것이 무슨 말인지 도무지 알 수 없다. 전혀 이치에 맞지 않는다. 그래서 다시 한 번 처음부터 되풀이해서 말해 달라고 해야만 했다. 겨우 이런 사실을 알 수 있었다. 그는 뷔트 한 사람에게만 죄가 있다고 믿는다. 그는 자신이 믿을 수 없는 진실에는 관심 없다. 내가 뷔트에게 10프랑을 주었다는데, 도대체 뭣 때문에? 뷔트의 그런 말을 믿기에는 그는 너무나 노르망디 사람이다. 그 10프랑은 뷔트가 훔친 것이다. 틀림없다. 나에게 받았다고 주장함으로써 도둑질에다가 거짓말까지 보태고 있다. 도둑질을 감추기 위해 지어낸 이야기다. 그 따위 수작에 속을 보카주가 아니고말고……. 밀렵은 이미 문제가 아니다. 보카주가 알시드를 때린 것은 소년이 외박을 했기 때문이다.

야! 이제 나는 살았다. 적어도 보카주 앞에서는 모든 것이 잘되어 간다. 저 뷔트라는 놈은 얼마나 바보인가! 물론, 오늘 밤에는 밀렵을 하고 싶은 생각이 전혀 없다.

나는 이미 모든 것이 끝났다고 생각했다. 그런데 한 시간 후에 이번에는 샤를이 왔다. 그가 농담이나 하러 오는 것으로 보이지 않는다. 멀리서 보아도 벌써 그의 아버지보다는 까다로울 것 같다. 지난해 같으면 몰라도…….

"어이! 샤를, 참 오랜만이야."

"나리가 저를 만나고 싶다면 농장으로 오시기만 하면 되죠. 저는 정말이지 숲이나 밤에는 볼일이 없으니까요."

"그런가! 네 아버지가 이야기했구나……."

"아버지는 저한테 아무 말씀 안 하셨어요. 아버지는 아무 것도 모르시니까요. 그 연세가 되어서 주인한테 바보 취급을 받고 있다는 것을 아실 필요는 없지 않겠어요?"

"조심해, 샤를! 말이 지나치군……."

"아! 그럼요. 나리는 주인이십니다! 자기가 좋아하는 일을 맘대로 하시면 됩니다."

"샤를, 내가 누구도 업신여기지 않는다는 건 너도 잘 알겠지? 내가 좋아하는 일을 한다고 해도 그건 내 손해가 될 뿐이야."

그는 가볍게 어깨를 으쓱했다.

"나리가 자기 이익을 해치는 일을 해 놓고도 어떻게 남이 그것을 지켜 주길 바라나요? 나리가 경비원과 밀렵자를 동시에 감쌀 수는 없습니다."

"왜 그렇지?"

"왜냐면 그건……. 아! 나리, 제가 보기에 그 모든 것은 너무나 짓궂은 장난입니다. 나는 다만 내 주인이 범법자와 한패가 되어, 누군가 주인을 위해 해 둔 일을 그런 자들과 함께 파괴하는 짓을 기분 좋게 보고 있을 수 없습니다."

샤를은 점점 단호한 목소리로 그렇게 말한다. 그의 태도는 아주 당당하다. 나는 그가 구레나룻을 깎아 버린 것에 주목한다. 게다가 그의 말은 상당히 옳다. 내가 잠자코 있자 (내가 무슨 말을 그에게 할 수 있겠는가?) 그는 말을 잇는다.

"사람에겐, 자기가 소유한 것에 대한 의무가 있다고 나리는 작년에 가르쳐 주셨습니다. 하지만 나리는 잊어버리신 것 같아요. 그 의무들을 진지하게 생각하시고 그런 장난은 그만두셔야 합니다……. 그렇지 않으면 소유할 자격이 없는 거죠."

잠시 침묵이 흐른다.

"네가 말하고 싶은 건 그것뿐인가?"

"오늘 저녁에는 이것뿐입니다, 나리. 하지만 다음 번 저녁엔, 나리가 하시기에 따라서, 아버지와 제가 라모리니에르를 떠나겠다고 말씀드리러 올지도 모르겠습니다."

그렇게 말하고 그는 공손히 인사를 하고 나간다. 나는 겨우 깊이 생각해 볼 틈이 생긴다.

"샤를! 정말이지 녀석 말이 맞아……. 하지만 소유한다고 지칭하는 것이 만일 그것이라면……! 이봐, 샤를!" 나는 이렇게 외치고 그의 뒤를 쫓는다. 나는 어둠 속에서 그를 따라 잡는다. 그리고 갑작스러운 내 결심을 확실하게 하려는 듯 부리나케 말한다.

"내가 라모리니에르를 팔려고 내놓겠다고, 네 아버지한테
말해라."

샤를은 정말 정중한 절을 하고는 한 마디 말도 없이 물러
가 버린다.

이 모든 것이 터무니없는 짓이다.

그날 저녁, 마르슬린은 저녁 식사를 하러 내려오지 못한
다. 그리고 몸이 불편하다고 전해 온다. 나는 걱정되어서 황급
히 그녀 방으로 올라간다. 그녀는 곧 나를 안심시키려고 든다.
"그냥 감기야."라고 그녀는 바란다. 그녀는 오한을 느낀다.

"뭘 덮고 있지 않았어?"

"아니, 오한이 들자마자 곧 숄을 걸쳤어."

"오한이 들고 나서는 안 되지. 그전에 해야지."

그녀는 날 쳐다보고 미소를 지으려고 애쓴다……. 아! 아
마도 재수 없게 시작된 하루가 나를 괴롭히려고 들었던 모양
이다. 가령 그녀가 소리 높여 "그럼 당신은 내가 살기를 그렇
게 바라?" 하고 말했더라도 내 귀에는 잘 들리지 않았을 것이
다. 정말 내 주위에서는 모든 것이 무너지고 있다. 내 손은 어
떤 것을 쥐어도 무엇 하나 손아귀에 붙들어 두지 못한다…….
나는 마르슬린에게 달려가 그녀의 창백한 관자놀이에 키스를
퍼붓는다. 그러자 그녀도 더 참을 수가 없어 내 어깨에 얼굴을
파묻고 흐느낀다.

"오오! 마르슬린! 마르슬린! 여기서 떠나자. 다른 곳으로
가면 소렌토에서처럼 사랑할 수 있어. 당신은 내가 변했다고
생각하지? 하지만 다른 곳에 가면, 당신은 어떤 것도 우리 사

랑을 변하게 하지는 못했다는 것을 잘 느끼게 될 거야……."

　나는 아직 그녀 슬픔을 치유하지 못하지만, 그녀는 이미 얼마나 그 희망에 매달리고 있는 것인가!

　계절은 아직도 그다지 깊어지지는 않았으나 공기는 습기가 많고 차가웠다. 그리고 장미의 마지막 봉오리는 피지도 못하고 벌써 시들어 가고 있었다. 집에 초대했던 손님들은 이미 돌아가고 없었다. 마르슬린은 집 안 정리를 못 할 정도로 몸이 편치 않았으므로 닷새 후에 우리는 그곳을 떠났다.

3부

　그래서 나는 다시 한 번 내 사랑에 두 손을 모으려고 노력했다. 그러나 조용한 행복이 나에게 무슨 필요가 있었을까? 마르슬린이 나에게 주었고, 나를 위해 표현했던 그 행복은 피로를 느끼지 않는 자에 대한 휴식 같은 것이었다. 그러나 그녀가 지쳐서 내 사랑을 필요로 한다는 것을 느꼈으므로, 나는 사랑으로 그녀를 감싸고 나 자신도 그것을 바라는 체했다. 나는 그녀 고통을 느끼자 참을 수가 없었다. 내가 그녀를 사랑한 것은 그녀 고통을 치유해 주기 위해서였다.

　아! 얼마나 정성껏 돌봐 주고 애정 어린 밤샘을 했던가! 다른 사람들이 종교적 실천을 과장하여 떠벌림으로써 신앙심에 다시 활력을 주는 것처럼, 나는 이렇게 해서 나의 사랑을 키워 갔다. 그러자, 자네들에게 말하거니와, 곧 마르슬린은 다시 희망을 붙들게 되었다. 그녀에게는 아직도 많은 젊음이 남아 있고, 나에게는 많은 약속이 남아 있다고 그녀는 믿었다. 우리는 다시 신혼여행을 떠나는 것처럼 파리를 빠져나왔다. 그러나 여행을 떠난 첫날부터 그녀 상태가 몹시 나빠지기 시작했다. 뇌샤텔에 도착하자 우리는 그곳에 주저앉아야만 했다.

나는 청록색 둑에 둘러싸인 그 호수를 얼마나 좋아했던가! 알프스다운 데가 전혀 없고, 그곳 물은 마치 늪처럼, 긴 세월 동안 진흙과 뒤섞여 갈대 사이로 새어 나온다. 나는 마르슬린을 위해 매우 안락한 호텔에 호수가 보이는 방 하나를 얻을 수 있었다. 나는 하루 종일 그녀 곁을 떠나지 않았다.

그녀 상태가 별로 좋아지지 않아서 다음 날이 되자마자 나는 로잔의 의사를 불렀다. 의사는 정말 쓸데없이 아내의 가족 중 내가 아는 또 다른 결핵 환자가 있었는지 알고 싶어 했다. 나는 있다고 대답했다. 그러나 사실은 몰랐다. 하지만 나 자신이 폐결핵 때문에 거의 절망 상태였다는 것과, 나를 간호하기 전에는 마르슬린이 아프지 않았다는 것을 말하고 싶지 않았다. 그리고 나는 모든 것을 혈전 탓으로 돌렸다. 비록 의사가 그것을 단순히 우연한 원인으로만 보려고 하고, 병은 훨씬 전부터 시작되었다고 진단했지만 말이다. 의사는 알프스 고지대 맑은 공기를 강하게 권유했다. 거기서 마르슬린이 나을 것이라고 단언했다. 그리고 나도 마침 앙가딘에서 겨울철을 지내려고 생각하고 있었으므로 마르슬린의 몸이 여행을 견뎌 낼 만큼 좋아지자, 우리는 다시 떠났다.

나는 도중에 느낀 인상 하나하나를 무슨 사건처럼 지금도 기억한다. 대기는 맑고 차가웠다. 우리는 가장 따뜻한 모피를 갖고 갔다……. 쿠아르[52]에서는 호텔이 쉴 새 없이 시끄러워, 우리는 거의 잠을 이루지 못했다. 나뿐이라면 기꺼이 밤샘 결심을 했을 것이고 그래도 피로를 느끼지 않았을 것이다. 그러

[52]   스위스 동부 지역 도시.

나 마르슬린은……. 내가 화가 난 것은 시끄러움 그 자체보다 시끄러움 때문에 그녀가 잠을 이루지 못했다는 것이었다. 그녀는 몹시 자고 싶었을 텐데! 다음 날 우리는 날이 새기 전에 출발했다. 우리는 쿠아르에서 나가는 승합 마차에 좌석을 예약해 두었었다. 역참 연결이 잘 되어 있었으므로 그날 하루 만에 생모리츠에 도착했다.

티펜카스텐, 르쥘리에, 사마덴……53 매시간 나는 모든 것을 기억한다. 공기의 질이 몹시 새롭고 혹독해진 것, 말의 방울 소리, 나의 시장기, 주막 앞 정오 때의 정거, 수프에 풀어 넣은 날달걀, 검은 빵, 시큼한 포도주의 시원함이 생각난다. 그러한 변변찮은 식사는 마르슬린 입에 맞지 않았다. 다행히도 내가 여행 중 예비로 갖고 온 비스킷을 두세 개 먹은 외에는 그녀는 거의 아무것도 먹지 않았다. 저 해 지는 풍경이 지금도 눈앞에 떠오른다. 그림자가 숲 비탈을 재빨리 올라간다. 이윽고 또 정거. 공기는 차츰 더 맑고 쌀쌀해지고 매서워진다. 승합 마차가 멈추면 어둠 한복판까지 한없이 투명한 고요 속에 잠겨 버린다. 투명함…… 이 말밖에 달리 표현할 길이 없다. 아무리 희미한 소리도 그 야릇하리만큼 투명한 대기 속에서는 완전한 음질과 충만한 음향을 띤다. 또다시 어둠 속에서 출발한다. 마르슬린이 기침을 한다……. 아! 기침을 그칠 수는 없을까? 나는 저 수스의 승합 마차를 회상한다. 나는 기침을 보다 더 잘했던 것으로 생각된다. 그녀는 너무 안간힘을 쓴다……. 그녀가 얼마나 가냘프게 보이고, 변했는지. 이렇게 어둠 속에서는 그녀를 알아보기조차 힘들 정도다. 이 얼

---

53 스위스 알프스 동부 지역 이탈리아 국경에 가까운 산악 도시들.

마나 핼쑥한 얼굴인가! 이전에도 이렇게 까만 두 콧구멍이 보였던 것일까? 아! 그녀는 지독하게 기침을 한다. 이것이 그녀가 나를 간호해 준 가장 뚜렷한 결과다. 나는 공감이 무섭다. 온갖 전염병이 모두 그 속에 숨어 있다. 사람들은 단지 강자들하고만 공감하게 되어 있다. 아! 그녀는 정말로 기진맥진했다! 곧 도착하지 않을까……? 그녀는 무엇을 하고 있나……? 그녀는 손수건을 꺼내서 입술로 가져간다. 그리고 돌아앉는다……. 끔찍해라! 그녀도 역시 피를 토하려고 하는 것일까? 나는 손수건을 그녀 손에서 우악스럽게 빼앗는다. 등의 희미한 불빛에 들여다본다……. 아무것도 없다. 그러나 나는 불안을 지나치게 드러내 보였다. 마르슬린은 슬픈 듯이 미소 지으려고 애쓰며 중얼거린다.

"아니야. 아직은."

마침내 우리는 도착한다. 한시가 급하다. 그녀는 간신히 몸을 지탱하고 있다. 준비된 방은 내 마음에 들지 않는다. 오늘 밤만 여기서 지내고 내일은 바꾸어야겠다. 나에겐 어떤 것도 매우 아름답거나, 너무 비싸게 여겨지지 않는다. 아직 겨울 시즌이 시작되지 않았으므로 큰 호텔은 거의 텅텅 비어 있어서, 방을 선택할 수 있다. 나는 넓고 밝은, 간소한 가구가 딸린 방 두 개를 택한다. 옆에 커다란 살롱이 붙어 있고, 그 끝에 있는 넓은 돌출된 창을 통해 지저분한 푸른 호수와, 중턱의 나무가 너무 무성하거나 너무 헐벗기도 한 이름 모를 험한 산을 볼 수 있다. 거기서 우리는 식사를 할 것이다. 방 값은 엄청나게 비쌌으나 무슨 상관이랴! 사실 나는 더 이상 할 강의가 없으나, 라모리니에르를 팔려고 내놓았다. 그다음에는 또 어떻게 되겠지……. 게다가 돈이 내게 무슨 소용인가? 그 모든 것이 내게 무슨 소용이란 말인가……? 나는 이제 건강해졌다…….
재산의 완전한 변화는 건강의 완전한 변화만큼이나 무엇인
가를 필히 내게 가르쳐 줄 것이라고 생각한다……. 마르슬린,
그녀에겐 사치가 필요하다. 그녀는 연약하다……. 아! 그녀를
위해서 돈은 얼마든지 써 버리고 싶다……. 그래서 나는 사치
에 대해서 혐오와 흥미를 동시에 느꼈다. 나는 내 관능을 그
사치로 썼고, 그 속에 잠기게 했으며, 이어 그 관능이 방랑하
기를 원했다.

그러는 동안 마르슬린은 점차 좋아졌으며, 나의 끊임없
는 간호가 효과를 나타냈다. 그녀는 거의 먹지 못했으므로, 나
는 그녀의 식욕을 돋우려고 맛있는, 정말 먹음직스러운 요리
를 주문했다. 술도 최고급품을 마셨다. 나는 그녀도 그것을 무
척 좋아한다고 확신했다. 그만큼 우리가 매일 마시는 그 외국
산 특주는 나를 즐겁게 했다. 그것은 라인 산 시큼한 포도주
와, 독한 취기로 나를 사로잡는 거의 시럽 같은 토카이 술[54]이
었다. 나는 맛이 색달랐던 저 바르바그리스카 술도 생각나는
데 한 병밖에 남아 있지 않았으므로 그 야릇한 맛은 다른 병에
든 것도 마찬가지인지 어떤지 알 수 없었다.

우리는 날마다 마차를 타고 외출했다. 그리고 눈이 내리
면 목까지 모피를 뒤집어쓰고 썰매를 타고 나갔다. 나는 빨갛
게 상기된 얼굴로 돌아와서, 식욕을 채우고, 단잠을 자곤 했
다. 한편 나는 연구를 완전히 중단한 것은 아니었다. 날마다
한 시간 이상을 내가 말해야 한다고 느끼는 것에 대해 명상
했다. 역사는 이미 문제가 아니었다. 오래전부터 내 역사 연

54   헝가리 산 리큐어.

구는 심리 탐구를 위한 하나의 수단으로서밖에 내 흥미를 끌지 않게 되었다. 내가 과거 속에 혼돈된 유사점을 발견했다고 생각했을 때, 어떻게 해서 또다시 과거에 열중하게 되었는가에 대해서 이야기했다. 심지어 나는 죽은 사람들을 추적함으로써, 그들로부터 삶에 관한 어떠한 은밀한 가르침을 얻어 낼수 있다고 기대했다……. 이제는 저 젊은 아탈라리크 왕 자신이 무덤에서 일어나 나에게 말을 건넨다 해도, 나는 더 이상 과거에 귀를 기울이지 않을 것이다. 그리고 이런 나의 새로운 질문에 고대인들의 대답이 어떻게 만족을 주었겠는가? 인간은 아직도 무엇을 할 수 있는가? 그것이 내가 알고 싶은 중요한 것이었다. 인간이 지금까지 말했던 것은, 인간이 말할 수 있는 모든 것이었을까? 인간은 자신에 관해 완전히 다 알고 있었던 것일까? 이제는 되풀이하는 것만 남은 것일까……? 이렇게 해서 교양이나 예의나 도덕에 덮이고, 감추어지고, 질식된 온전한 보물 같은 희미한 감정이 내 속에서 날이 갈수록 자라 갔다.

그 당시 나는 어떤 미지의 우연한 발견을 위해 태어난 것처럼 느껴졌다. 그래서 나는 그 암중모색에 이상하리만큼 열중했다. 그러기 위해서는 탐색자는 교양, 예의, 도덕을 자신으로부터 버리고 물리쳐야 했다는 것을 나는 안다.

나는 이미 다른 사람 속에서 가장 야생적인 감정의 발현밖에 좋아하지 않게 되었으며, 어떤 속박이 그것을 억누르는 것에 개탄했다. 나는 하마터면 정직 속에서 단지 구속이나 인습이나 공포만 볼 뻔했다. 정직을 흔하지 않은 어려운 것으로 소중히 여기는 것이라면 나도 기뻐했을 것이다. 우리 풍습은 그것을 계약의 상호적이고 평범한 형식으로 만들어 버렸다. 스위스에서는 정직이 안락의 일부를 만든다. 마르슬린이 그것을 필요로 한다는 것을 나는 알고 있었다. 그러나 나는 내 생각의 새로운 흐름을 그녀에게 감추지는 않았다. 이미 뇌샤텔에서 그녀가 그곳 집과 사람들 얼굴로부터 발산되는 그 정직성을 칭찬했을 때, 나는 이렇게 대꾸했다.

"내 것만으로도 충분해. 나는 정직한 사람을 몹시 싫어해. 그들을 두려워하지도 않지만 그들로부터 더 이상 배울 것도 없어. 게다가 그들은 아무것도 말할 거리가 없어……. 정직한 스위스 사람이라! 건전하다는 것이 그들에게는 아무런 도움도 되지 않아……. 죄도 없지만 역사도, 문학도, 예술도 없어……. 가시도, 꽃도 없는 튼튼한 장미나무야……."

그런데 그 정직한 나라가 나를 지루하게 하리라는 것은 전부터 알고 있었지만, 두 달이나 지나자 그 지루함은 일종의 노여움으로 변해서 나는 이제 떠날 일밖에 생각하지 않았다.

1월 중순이 되었다. 마르슬린은 호전되어 갔고, 많이 좋아졌다. 천천히 그녀를 좀먹어 간 계속되던 미열도 사라졌다. 보다 싱싱한 혈색이 다시 그녀 볼을 물들였다. 극히 조금이었지만 또다시 산책도 즐기게 되어, 이미 이전처럼 언제나 나른하게 피로해하는 일은 없었다. 건강에 좋은 그곳 공기의 혜택을 완전히 이용했으니, 이제 이탈리아로 내려가서 따뜻한 봄의 혜택으로 완쾌를 기하는 것이 상책이라는 것을 그녀에게 납득시키는 것은 그다지 힘들지 않았다. 특히 나 자신을 납득시키는 것은 힘들지 않았다. 그만큼 나는 그 고지에 싫증이 나 있었던 것이다.

그러나 내가 할 일이 없어지게 된 지금, 싫어했던 과거가 그 힘을 되찾게 되니, 그 모든 것 중에 다음과 같은 추억들이 내 머리에서 떠나지 않는다. 썰매의 질주, 건조한 공기가 휘몰아치는 쾌감, 튀어 흩어지는 눈보라, 식욕. 안개 속 불안한 발걸음, 이상야릇한 소리의 반향, 갑자기 나타나는 사물들. 빈틈없이 문풍지를 단 살롱에서의 독서, 유리창 너머로 보이는 경치, 꽁꽁 언 풍경. 눈을 기다리는 서글픈 마음. 외부 세계의 소멸, 사고의 기분 좋은 움츠림……. 아! 저 멀리 보이는, 낙엽송에 둘러싸여 숨어 있는 작고 깨끗한 호수에서, 단둘이, 다시한 번 그녀와 얼음을 지쳐 보았으면. 그리고 저녁때 그녀와 나란히 돌아와 봤으면…….

이탈리아로 내려가는 일은 추락의 현기증을 느끼게 했다. 날씨는 좋았다. 따뜻하고 짙은 공기 속으로 점점 들어갈수록, 산봉우리의 곧게 선 나무들과 반듯한 낙엽송과 전나무들은 부드러운 우아함과 넉넉함으로 가득 찬 식물로 바뀌었다. 나는 추상 세계를 떠나 실제 생활로 들어가는 것처럼 느꼈다. 그리고 아직 겨울인데도 사방에 꽃향기가 풍기는 듯이 상상했다. 오래전부터 우리는 그림자들에 대해서만 미소 짓고 있었다. 나는 나의 결핍에 도취했고, 남들이 술에 취하듯이 갈증에 취했다. 내 생명의 저축은 훌륭했다. 그 너그럽고 약속에 가득 찬 대지에 내려오자, 나의 모든 욕망은 폭발했다. 비축된 거대한 사랑이 나를 가득 채웠다. 때로는 그것이 내 육체 밑바닥에서 한꺼번에 머리로 흘러들어서 내 생각을 음탕하게 교란했다.

그 봄의 환영은 거의 지속되지 않았다. 고도의 급격한 변화가 잠시 나를 속이기는 했으나, 며칠 동안 머문 벨라지오나 코모[55] 같은 아늑한 호반 도시를 떠나자마자, 우리는 다시 겨

55   북부 이탈리아의 호반 도시.

울과 비를 맞이했다. 앙가딘에서 곧잘 견디어 냈던 추위도 그곳에서는 고지에서처럼 건조하고 가벼운 것이 아니라, 이제 습기 많고 음산한 것이 되어 우리를 괴롭히기 시작했다. 마르슬린은 다시 기침을 하기 시작했다. 그래서 추위를 피하기 위해 우리는 더욱 남쪽으로 내려갔다. 밀라노에서 피렌체로, 피렌체에서 로마로, 로마에서 나폴리로 향했다. 나폴리도 겨울철 비 속에서는, 내가 아는 한 가장 음울한 도시다. 나는 말할 수 없는 권태에 사로잡혔다. 따뜻한 곳이 없었으므로 위안 비슷한 것을 찾으려고 우리는 로마로 되돌아 왔다. 몬테핀치오[56] 위에 있는, 너무 넓기는 하지만 매우 위치가 좋은 방을 빌렸다. 이미 피렌체에서 우리는 호텔이 마음에 들지 않아서 비알레데이콜리[57] 위에 고상한 별장을 삼 개월 동안 빌린 적이 있었다. 다른 사람이라면 언제까지나 그곳에 살고 싶다고 생각했을 것이다…… 그러나 우리는 이십 일도 묵지 않았다. 그런데도 어딘가에서 새로 묵을 때마다, 나는 다시는 더 이상 그곳을 떠나지 않을 것처럼 모든 것을 정돈하는 데 신경을 쓰곤 했다. 나보다 강한 마귀가 나를 몰아대었다…… 여기에 부연하거니와, 우리가 들고 다닌 트렁크는 여덟 개 이상이었다. 그 가운데 한 개에는 책만 가득 들어 있었으나, 여행 내내 나는 한 번도 열어 본 적이 없었다.

나는 마르슬린이 우리 지출에 대해 신경을 쓰거나, 돈을 절약하려는 것을 허용하지 않았다. 지출이 지극히 많다는 것을 물론 알고 있었고, 그대로 계속될 수 없을 거라는 사실도

---

56 로마 시내 전망 좋은 언덕.

57 피렌체 시내에 있는 거리.

알고 있었다. 나는 이제 라모리니에르의 돈을 기대하지는 않았다. 그 땅으로부터는 이미 한 푼의 수입도 없었으며, 보카주는 살 사람이 없다고 편지로 알려 왔다. 그런데 장래 일을 아무리 생각해도, 결국 지출은 더욱 많아질 뿐이었다. 아! 나 혼자라면 이렇게 돈이 들진 않을텐데……! 하고 나는 생각했다. 그리고 내 재산보다 더욱 빨리 마르슬린의 가냘픈 생명이 줄어 가는 것을 괴로움과 기대에 사로잡혀, 유심히 지켜보았다.

그녀는 모든 볼일은 나에게 맡겼으나 그러한 성급한 여행 때문에 지쳐 버렸다. 그러나 그 이상으로 그녀를 지치게 했던 것은, 지금이니까 감히 고백하지만, 내 생각에 대한 두려움이었다.

"잘 알아요." 하고 어느 날 그녀는 말했다. "잘 알아요. 당신의 주의(主義)를.[58] 왜냐하면 지금 그것은 하나의 주의니까. 아마도 훌륭하겠지요." 그리고 그녀는 소리를 낮추어 쓸쓸하게 덧붙였다. "하지만 그 주의는 약한 사람을 말살하죠."

"당연하지." 하고 나는 본의 아니게 즉각 말해 버렸다.

그러자 그 거친 말에 대한 두려움으로 그 가냘픈 몸이 주저앉아 부르르 떨고 있는 것이 느껴지는 것 같았다……. 아! 아마 자네들은 내가 마르슬린을 사랑하지 않았다고 생각할 것이다. 그러나 맹세하지만 나는 그녀를 열렬히 사랑했다. 그녀가 이전에 그처럼 아름다운 적이 없었고, 그처럼 아름답게 보인 적도 없었다. 병 때문에 그녀 얼굴은 미묘하게 여위었고, 황홀경에 빠진 듯이 보였다. 나는 거의 그녀 곁을 떠나지 않

---

58 이때부터 마르슬린의 말투는 친밀한 관계를 나타내는 말투(tutoyer)에서 거리감을 느끼는 예의 바른 말투(vousvoyer)로 바뀐다.

고, 늘 정성껏 돌보아 주고, 지켜 주고, 낮이나 밤이나 한시도 쉬지 않고 간호했다. 아무리 그녀가 선잠을 자도, 나는 그 이상으로 선잠을 자도록 훈련했다. 나는 그녀가 잠들 때까지 지켜보았고, 그녀보다 먼저 깼다. 때로는 잠시 그녀 곁을 떠나 혼자서 들판이나 거리를 걸어 보고 싶었지만, 무엇인가 애정 어린 근심이랄까, 그녀가 심심하지는 않을까 하는 걱정 때문에 황급히 그녀 곁으로 돌아왔다. 또 때로는 내 의지를 되찾아 이러한 마음의 속박에 반항하며 중얼거리곤 했다. "네 가치는 고작 그것뿐이냐, 가짜 위인아!" 그리고 일부러 밖에 있는 시간을 오래 끌어 보곤 했다. 그러나 그런 때에는 철 이른 정원 꽃이나 온실 꽃을 한 아름 안고 돌아왔다……. 그래, 자네들에게 말하거니와, 나는 그녀를 정답게 지극히 사랑했다. 그런데 이것은 어떻게 설명하나……. 내가 자신을 덜 존경하게 됨에 따라서, 나는 그녀를 더 한층 존경하게 되었다. 그리고 누군가 말하겠지. 인간 내부에는 얼마나 많은 상반되는 정열과 사고가 함께 살 수 있는가, 라고…….

훨씬 전부터 이미 궂은 날씨는 사라지고 계절은 무르익어 가고 있었다. 그리고 갑자기 편도나무에 꽃이 피었다. 3월 첫날이었다. 나는 아침에 스페인 광장으로 내려간다. 농부들이 들판에서 그 흰 잔가지들을 꺾어 오고, 편도 꽃들은 꽃 장수 광주리 속에 쌓여 있다. 나는 하도 기뻐서 한 무더기를 모조리 산다. 사나이 셋이 운반해 준다. 나는 이 봄을 송두리째 갖고 돌아온다. 가지가 문에 걸려 꽃잎이 양탄자 위에 눈처럼 떨어진다. 나는 그 꽃들을 모든 꽃병에 모조리 꽂아서 사방에 놓아 둔다. 마르슬린이 잠깐 비운 이 방을, 나는 그 꽃으로 하얗게 만든다. 나는 벌써 그녀의 기쁨에 즐거워한다……. 그녀가 오는 소리가 들린다. 그녀다. 그녀가 문을 연다. 그녀는 비틀거린다…… 그녀가 울음을 터트린다.

"왜 그래? 마르슬린, 가엾어라."

나는 그녀 곁으로 다가가서 다정스럽게 어루만져 준다. 그러자 눈물을 흘린 변명이라도 하듯이, 그녀는 말한다…….

"이 꽃향기가 싫어."

그러나 그 향기는 미묘하고 섬세했으며, 꿀처럼 은근했다……. 나는 화가 치밀어 눈에 핏발을 세우고, 아무 말도 없이, 이 죄 없는 가냘픈 가지들을 집어 들어 꺾어 버리고, 갖고 나가 내던져 버린다. 아! 벌써 이 잠깐 동안의 봄마저도 그녀는 더 이상 견딜 수 없게 되다니……!

나는 자주 그 눈물에 대해 다시 생각한다. 그런데 지금 생각해 보니 그녀가 울었던 것은 바로 이미 죽음을 면치 못한다는 것을 느끼고, 지나가 버린 몇몇 봄에 대한 그리움 때문이었던 것 같다. 또한 강한 자들에게는 강한 기쁨이 있고, 강한 기쁨이 상처를 입히는 약한 자들에게는 약한 기쁨이 있다고 생각한다. 그녀는 극히 작은 쾌락으로도 도취되었다. 조금만 더 강렬해지면, 그녀는 그것을 더 이상 견딜 수 없었다. 그녀가 행복이라고 불렀던 것은 내가 휴식이라고 불렀던 것이다. 그런데 나는 휴식을 취하고 싶지도 않았고 또 취할 수도 없었다.

나흘 후, 우리는 또다시 소렌토를 향해 출발했다. 그러나 그곳은 예상한 것처럼 따뜻하지 않았으므로 나는 실망했다. 모든 것이 추위로 떨고 있는 것 같았다. 언제까지나 그치지 않는 바람은 마르슬린을 몹시 피로하게 했다. 우리는 먼젓번 여행했을 때와 같은 호텔에 묵기를 원했고, 같은 방을 다시 쓸 수 있었다……. 흐릿한 하늘 아래, 환멸을 주는 온갖 경치와,

거기서 산책을 했을 때에 우리 사랑이 그토록 아름답게 보이도록 했던 호텔의 음침한 정원을, 우리는 멍하게 바라보고 있었다.

우리는 바다를 건너, 기후가 좋기로 유명한 팔레르모[59]로 갈 것을 결심했다. 나폴리로 돌아가서 그곳에서 배를 타기로 하고, 잠시 거기서 묵었다. 그러나 적어도 그 나폴리에서는 나는 지루하지 않았다. 나폴리는 과거가 압도하지 않는, 살아 있는 도시다.

하루의 거의 모든 시간을 나는 마르슬린 곁에 있었다. 밤에 그녀는 지쳐서 일찍 잠자리에 들었다. 나는 그녀가 잠드는 것을 지켜보고 있었다. 때로는 나 자신도 드러누웠다가, 그녀의 보다 고른 숨소리를 듣고 그녀가 잠들었다는 것을 알게 되면, 살며시 일어나 어둠 속에서 옷을 입었다. 나는 마치 도둑처럼 바깥으로 빠져나갔다.

밖이다! 아! 나는 기뻐서 외치고 싶었다. 나는 무엇을 하려고 했을까? 모른다. 낮에 어둠침침했던 하늘은 구름이 걷혀 있었고, 거의 보름달이 비치고 있었다. 나는 목적도 없이, 바람도 없이, 구속도 없이, 정처 없이 걸었다. 나는 모든 것을 새로운 눈으로 바라보았다. 소리 하나하나를 더욱 주의 깊게 귀로 엿들었다. 밤의 축축한 공기를 마셨다. 온갖 것을 만져 보았다. 그리고 쏘다녔다.

나폴리에서 묵은 마지막 날 밤, 나는 그 방랑의 즐거움을 아침까지 연장했다. 돌아가 보니, 마르슬린이 울고 있었다. 문득 잠이 깨어 내가 곁에 없는 것을 알고 무서워졌다고 말했다.

---

59 시칠리아 섬 북쪽 항구.

나는 그녀를 달래고, 자리를 비운 것에 침이 마르도록 변명했다. 그리고 앞으로는 그녀 곁을 떠나지 않겠다고 약속했다. 그러나 팔레르모에 도착한 첫날 밤부터 나는 벌써 참을 수가 없었다. 나는 밖으로 나갔다……. 오렌지의 이른 첫 꽃들이 피어 있었다. 살랑거리는 바람이 그 향기를 실어 왔다…….

팔레르모에는 닷새밖에 머물지 않았다. 그리고 방향을 크게 바꾸어, 둘 다 한 번 더 방문하고 싶었던 타오르미나로 갔다. 그 마을이 산중 상당히 높은 곳에 자리 잡고 있다는 것을 이미 이야기했다. 역은 해변에 있었다. 우리가 호텔까지 타고 간 마차로 짐을 찾기 위해 나는 이내 역까지 되돌아가야 했다. 나는 마부와 이야기하려고 마차 안에 서 있었다. 그는 카타노 출신 시칠리아 소년이었는데, 테오크리토스의 시구(詩句)처럼 아름답고, 과일처럼 싱싱하고 향기롭고, 맛있어 보였다.

"부인이 정말 아름답군요!" 하고 그는 멀어져 가는 마르슬린을 바라보면서, 매력적인 목소리로 말했다.

"너도 잘생겼는걸." 하고 나는 대답했다. 나는 그 소년 쪽으로 몸을 구부리고 있었으므로 더 이상 참을 수 없어 마침내 그를 끌어당겨 키스했다. 그는 웃으면서 내가 하는 대로 가만히 있었다.

"프랑스 사람은 모두 상냥하군요." 하고 그는 말했다.

"하지만 이탈리아 사람이 다 근사하진 않지." 하고 나도 웃으면서 받아넘겼다……. 나는 그 후 며칠 동안이나 그를 찾았으나 끝내 발견하지 못했다.

우리는 타오르미나를 떠나 시라쿠사로 향했다. 한 걸음 한 걸음, 첫 여행 길을 반대로 더듬어, 우리 사랑의 출발점으로 거슬러 올라갔다. 그리고 첫 여행 때, 한 주 한 주 내가 완쾌의 길을 갔던 것과 마찬가지로, 우리가 남쪽으로 내려감에 따라, 한 주, 한 주 마르슬린의 용태가 나빠져 갔다.

비스크라에서 내 병이 회복되었던 것을 회상하면서 그녀에게는 좀 더 빛과 열이 필요하다고 스스로 믿고, 특히 그녀에게 그렇게 믿게 하려고 애쓴 것은 그 얼마나 엄청난 착오였고, 얼마나 집요한 무분별이며, 얼마나 고집불통인 미친 짓이었던가…… 그러나 공기는 이미 따뜻해졌다. 팔레르모 만(灣)은 온화하기에 마르슬린은 그곳을 좋아했다. 거기에서는 아마도 그녀가…… 그러나 나는 마음대로 내 의지를 선택할 수 있었던가? 마음대로 내 욕망을 결정할 수 있었던가?

시라쿠사에서는 바다 상태와 불규칙한 배편 탓에 팔 일 동안 기다리지 않으면 안 되었다. 나는 마르슬린 곁에 있는 시간 외에는 온통 이 오래된 항구에서 지냈다. 오! 시라쿠사의 작은 항구! 시큼한 술 냄새, 지저분한 골목길들, 술 취한 선원들과 뜨내기들과 하역 인부들이 우글거리는 악취 나는 노점. 최하층 사람들은 나에게는 기분 좋은 무리였다. 그들 말을 잘 이해할 필요는 없었다. 나의 몸 전체가 그것을 음미했다. 그곳에서 정열의 거친 모습은 아직도 내 눈에는 건강과 활력의 표면적인 양상으로 보였다. 그리고 그들의 비참한 삶 탓에, 내가 느끼는 맛을 그들은 느낄 수 없을 것이라는 사실을 나 자신에게 타일러도 소용없었다…… 아! 그들과 함께 테이블 밑에서 뒹굴고, 오싹해지는 아침의 찬 기운으로만 잠을 깨고 싶었다. 그리고 그들 곁에서 나는 사치와 위안, 나를 둘러싸고 있던 모든 것, 새로이 건강하게 됨으로써 불필요해진 이러한 보호, 삶의 위험한 접촉에서 몸을 지키기 위해 취한 그 모든 주의에 점점 혐오스러워지고 짜증이 났다. 나는 그들의 생활 방식을 더 멀리 상상했다. 될 수만 있다면 좀 더 멀리까지 그들 뒤를 따라가서 그들의 도취 속으로 뚫고 들어가고 싶었다……. 그러자 갑자기 마르슬린의 모습이 눈앞에 떠올랐다. 지금 그녀는 무엇을 하고 있을까? 아마도 괴로워하며, 울고 있을지도 모르겠다……. 나는 급히 일어나서 달렸다. 나는 호텔로 돌아갔다. 현관에는 이렇게 씌어 있는 것같이 느꼈다. 여기에 가난한 자들은 들어오지 말 것.

마르슬린은 여느 때와 같은 태도로 나를 맞아들였다. 비난이나 의심의 말은 한 마디도 입 밖에 내지 않고, 무엇보다도 미소를 지으려고 애썼다. 우리는 따로따로 식사를 했다. 그녀에게는 이 평범한 호텔에서 마련할 수 있는 최고의 요리를 먹게 했다. 그리고 식사를 하면서 나는 이런 것을 생각하고 있었다. 한 조각 빵과 치즈, 또 회향(茴香) 한 뿌리면 그들에게 충분하고, 그들과 마찬가지로 나에게도 충분할 것이다. 그런데 아마도 저기, 바로 저기 가까운 곳에는, 하찮은 끼니조차 때우지 못하는 배고픈 사람들이 있다……. 그런데 여기 내 식탁 위에는 그들을 사흘 동안이나 포식시킬 정도의 음식이 있다! 할 수만 있다면 나는 벽을 뚫어서 회식자들을 들이닥치게 하고 싶다……. 왜냐하면 굶주림의 고통은 내게는 무서운 공포 같았기 때문이다. 그래서 나는 오래된 항구로 되돌아가서 주머니에 가득 든 동전을 닥치는 대로 뿌렸다.

가난은 인간을 노예로 만든다. 가난한 사람은 먹고살기 위해서 즐거움도 없는 일을 떠맡는다. 즐거움이 없는 일은 모두 비참하다고 생각했다. 그래서 돈을 주고 몇 사람에게 휴식을 얻게 해 주었다. 나는 말했다. "일하지 마라. 그건 지겨운 거야." 나는 각자가 그러한 여가를 갖는 것을 꿈꾸었다. 그것이 없으면 어떤 새로운 것도, 어떤 악덕도, 어떤 예술도 꽃필 수 없는 것이다.

마르슬린은 내 생각에 대해 오해하지 않았다. 나는 오래된 항구에서 돌아오자, 얼마나 비참한 사람들이 내 주위에 많았는지를 그녀에게 숨기지 않았다. 사람 속에 모든 것이 있다. 마르슬린은 내가 끈질기게 찾아내려는 것이 무엇인지 어렴풋이 느끼고 있었다. 그래서 종종 그녀가 각자에게 제 나름의 미덕을 만들어 주고는, 그것을 지나치게 믿는 점을 내가 비난하자, 그녀는 말했다.

"당신은 사람들로 하여금 무언가 악덕을 드러내게 했을 때에만 만족하는군요. 우리 시선은 누구를 보더라도 우리가 주목한 점을 확장하고 과장한다는 것을 모르나 봐. 그리고 우리는 상대방을, 우리가 그랬으면 하고 생각하는 그대로의 사람으로 만들어 버린다는 것도 몰라요?"

될 수만 있다면 그녀 말은 잘못이라고 해 주고 싶었다. 그러나 각자 속에서 그 사람의 가장 나쁜 본능이 나에게는 가장 성실한 것으로 보인다는 사실을 인정하지 않을 수 없었다. 그런데 나는 무엇을 성실이라고 부르고 있었던가?

우리는 마침내 시라쿠사를 떠났다. 남국의 추억과 욕망이 나의 머리에서 떠나지 않았다. 해상에서 마르슬린의 몸 상태는 좋아졌다……. 바다의 풍광이 눈에 선하게 떠오른다. 바다는 참으로 잔잔하여 배가 지나간 흔적이 언제까지나 해면에 남는 것 같다. 방울저 떨어지는 물소리, 유연한 물소리가 들린다. 갑판을 씻는 소리, 청소하는 선원들이 맨발로 널빤지 위를 삐걱거리며 걷는 소리도 들린다. 나는 온통 하얀 몰타 섬을 다시 본다. 이제 곧 튀니스……. 나는 얼마나 변한 것인가?

덥다. 좋은 날씨다. 모든 것이 빛나고 있다. 아! 나는 여기서 말하는 한 마디 한 마디 속에 수많은 모든 쾌락이 증류되었으면 한다……. 그러나 지금 와서, 내 삶 속에 있었던 것보다 더 이 이야기에 질서를 부여하고자 해도 아무 소용없을 것이다. 매우 오랫동안 어떻게 해서 내가 지금과 같은 사람이 되었는가를 자네들한테 설명하려고 애썼다. 아! 이러한 참을 수없는 논리로부터 내 머리를 해방했으면……! 나는 내 안에서 숭고한 것 외에는 아무것도 느끼지 않는다.

튀니스. 강하다기보다 풍성한 빛. 그림자조차도 빛으로 충만하다. 공기 그 자체도 빛나는 유동체로 보이는 그곳에 모든 것이 잠기고, 사람이 빠져서, 헤엄치고 있다. 이 쾌락의 땅은 욕망을 채워 주었지만, 그것을 진정시켜 주지 않는다. 그리고 모든 만족은 욕망을 고조한다.

예술 작품이 없는 땅. 나는 이미 베껴지고 완전히 해석된 아름다움밖에 알아볼 줄 모르는 사람들을 경멸한다. 아랍 사람들에게는 이런 훌륭한 점이 있다. 즉 그들은 그날그날 그들의 예술을 살고, 노래하며, 죄다 써 버린다. 그들은 예술을 고정하지 않는다. 어떤 작품 속에도 남기지 않는다. 그것이 위대한 예술가가 나오지 않는 원인과 결과이다……. 나는 위대한 예술가들이란 매우 자연스러운 사물들에 감히 아름다움의 권리를 부여하고, 나중에 그것들을 보고 이렇게 말하게 하는 사람들이라고 늘 생각했다. "어째서 나는 그때까지 저것 역시 아름다웠다는 사실을 깨닫지 못했을까……."

나는 아직 알지 못했던 카이루안[60]으로 마르슬린 없이 갔

---

60 튀니지의 수스 서쪽에 있는 도시.

는데, 밤이 매우 아름다웠다. 호텔로 잠자러 돌아오려고 했을 때, 한 무리 아랍인들이 어느 작은 카페 문밖 거적 위에서 자던 것이 생각났다. 그래서 그들 곁으로 가서 함께 잤다. 나는 이 투성이가 되어 돌아왔다.

해안의 무더위로 마르슬린이 몹시 약해졌으므로 될 수 있는 대로 빨리 비스크라로 가야 한다고 그녀를 설득했다. 4월 초 일이었다.

매우 긴 여행이다. 첫날에는 단숨에 콩스탕틴까지 간다. 이튿날에는 마르슬린이 몹시 지쳤기에 엘칸타라[61]까지밖에 가지 못한다. 거기서 우리는 그늘을 찾았으며, 저녁 무렵, 밤의 달빛보다 더 기분 좋고 더 시원한 그늘을 발견했다. 그것은 마르지 않는 음료수 같았고, 우리한테까지 넘쳐흘렀다. 우리가 앉아 있던 비탈에서는 불타는 듯한 초원이 보였다. 그날 밤, 마르슬린은 잠들 수가 없다. 이상야릇한 침묵과 희미하게 들리는 소리가 그녀를 불안케 한다. 약간 열이 난 것은 아닐까 하고 나는 걱정한다. 그녀가 침대 위에서 몸을 움직이는 소리가 들린다. 다음 날 그녀 얼굴은 여느 때보다 창백하다. 우리는 다시 출발한다.

비스크라. 내가 오고 싶었던 곳은 바로 여기다……. 그렇다. 여기, 공원이 있고, 벤치가 있다……. 나는 회복기 초기에 앉았던 그 벤치를 기억해 내었다. 도대체 무슨 책을 읽었던 가……? 호메로스다. 그 후 그것을 다시 펼쳐 보지 않았다. 여기, 내가 껍질을 만져 보러 갔던 나무가 있다. 그 당시 나는 얼마나 연약했던가……! 가만있자! 아이들이 오는군……. 아

---

61 오아시스로 유명한 알제리의 도시.

니, 나는 그중 아무도 기억해 내지 못한다. 마르슬린은 얼마나 심각한지! 그녀도 나와 마찬가지로 변했다. 이렇게 좋은 날씨인데 그녀는 왜 기침을 할까? 여기, 호텔이 있다. 우리 방이 있고, 우리 테라스가 있다. 마르슬린은 뭘 생각할까? 그녀는 나한테 한 마디도 말을 하지 않았다. 그녀 방에 들어가자마자 그녀는 침대에 눕는다. 피곤해져서 조금 자고 싶다고 말한다. 나는 밖으로 나간다.

나는 아이들을 기억해 내지 못했지만, 그들은 나를 기억하고 있었다. 나의 도착 소식을 듣자, 모두 뛰어온다. 이들이 그 아이들일 수 있을까? 얼마나 실망인가! 도대체 무슨 일이 있었을까? 그들은 엄청나게 커 버렸다. 고작 이 년이 조금 더 지났을 따름인데, 어떻게 그럴 수 있을까……. 어떤 피로, 어떤 악덕, 어떤 태만이 그토록 젊음에 빛났던 그 얼굴을 벌써 이렇게 추한 얼굴로 만들어 버렸을까? 어떤 천한 노동이 그토록 빨리 저 아름다운 육체를 늙어 빠지게 했을까? 그것은 일종의 파산과도 같은 것이다……. 나는 물어본다. 바시르는 카페에서 접시 닦는 일을 한다. 아슈르는 길의 자갈을 깨는 일을 하며 간신히 몇 푼 벌고 있다. 아마타르는 한쪽 눈을 잃었다. 누가 그것을 믿겠는가? 사데크가 착실해졌다. 지금 형을 도와 시장에서 빵을 판다. 그는 멍청해진 것 같다. 아지브는 그의 아버지 집 부근에 푸줏간을 차렸다. 뚱뚱하고 추하나 부자다. 낙오된 친구들에게 더 이상 말도 하려고 하지 않는다……. 돈 푼깨나 만지게 되면, 사람은 얼마나 바보가 되는 것일까! 그렇다면 내가 우리 사이에서 증오했던 것을 그들 속에서 다시 발견하게 된다는 말인가? 부바케르는? 그는 결혼했다. 그는 열다섯 살도 안 된다. 우스꽝스러운 일이다. 아니, 그런데 그날 밤, 나는 그를 다시 만났다. 그는 변명한다. 자신의 결혼은 단지 겉치레일 뿐이라고. 내 생각에 녀석은 고약한 난봉꾼이다. 그는 술을 마시고, 망가진다……. 그렇다면 이 모든 것이 그들에게 남아 있는 모습일까? 그들 삶이 만들어 놓은 모습이 바로 이것이라니! 바로 그들을 내가 다시 만나러 왔던 것이니 만큼 나는 참을 수 없는 서글픔을 느낀다. 추억은 불행을 만든다고 한 메날크의 말은 옳았다.

그리고 목티르는? 아! 그 녀석은 감옥에서 나와 몸을 숨기고 있다. 다른 사람들은 이미 그와는 만나지 않는다. 나는 그를 다시 한 번 만나 보고 싶었다. 그는 모든 아이들 중에서 가장 인물이 좋았다. 그도 역시 나를 실망시킬 것인가……? 누군가가 그를 찾아낸다. 나에게로 그를 데리고 온다. 아니! 녀석은 망가지지 않았다. 내 추억조차 이만큼 멋진 그를 그려 내지는 못했다. 그의 힘도, 아름다움도 완벽하다……. 나를 알아보고 그는 미소 짓는다.

"감옥으로 들어가기 전에는 도대체 무슨 일을 했니?"

"아무 일도 안 했어요."

"도둑질을 했어?"

그는 부인한다.

"지금은 어떤 일을 하지?"

그는 미소 짓는다.

"어이! 목티르! 할 일이 없으면, 우리와 함께 투구르[62]에 갈래?" 나는 갑자기 투구르에 가고 싶은 욕망에 사로잡힌다.

마르슬린의 상태는 좋지 않다. 그녀에게 무슨 일이 생겼

---

62   알제리의 비스크라 남쪽 도시.

는지 나는 알 수 없다. 그날 밤, 내가 호텔로 돌아오니까 그녀는 아무 말도 하지 않고 눈을 감은 채, 나에게로 몸을 바싹 기댄다. 넓은 소매가 올라가 말라빠진 팔이 보인다. 나는 아기를 재우듯이 오랫동안 그녀를 어루만지며 흔들어 준다. 그녀를 이렇게 떨게 하는 것은 사랑일까, 괴로움일까, 혹은 열일까……? 아! 아마도 아직은 시간이 있을 것이다……. 나는 멈출 수 없는 것일까? 나는 내 가치를 만드는 것을 모색했고, 발견했다. 그것은 최악의 경우에도 고집스럽게 밀고 가는 것이다. 그러나 어떻게 마르슬린에게 내일 투구르로 출발한다는 말을 꺼낼 것인가……?

지금 그녀는 옆방에서 자고 있다. 오래전부터 솟아오른 달은 지금 테라스에 쏟아져 들어온다. 거의 소름 끼칠 정도로 밝다. 이 밝음으로부터 몸을 숨길 수는 없다. 내 방에는 흰 타일이 깔려 있다. 그래서 그곳이 유난히 밝은 것 같다. 빛의 물결은 활짝 열어젖힌 창문으로 흘러 들어온다. 나는 방 안 달빛과 문이 거기에 던지는 그림자를 기억해 냈다. 이 년 전에는 달빛이 보다 깊숙이 비쳤다……. 그렇다, 바로 지금 비친 저기다. 그때, 나는 자는 것을 단념하고 일어났다. 그리고 이 문설주에 어깨를 기대고 있었다. 꼼짝 않는 종려나무들도 생각이 났다……. 그날 밤, 나는 도대체 어떤 말씀을 읽었던가……? 아! 그렇다. 그리스도가 베드로에게 하셨던 말씀이었다. "지금은 네가 허리띠를 두르고 원하는 곳으로 다니거니와……." 나는 어디로 가는가? 어디로 가고 싶은가……? 자네들한테 말하지 않았지만, 이번 여행 중, 나는 어느 날, 홀로, 나폴리에서 페스텀으로 떠났다……. 아! 저 돌들 앞에서 나는 얼마나 흐느껴 울고 싶었던가! 고대의 아름다움은 소박하고,

완전하고, 미소 짓는 것 같았고 버림받은 것 같았다. 나는 예술이 나로부터 멀어져 가는 것을 느낀다. 다른 무엇에게 자리를 내주기 위해서 그런가? 그것은 이미, 이전처럼 기분 좋은 조화가 아니다……. 나는 내가 섬기는 암흑의 신을 이제는 알지 못한다. 오, 새로운 신이여! 제발 나에게 아름다움의 새로운 종류를, 뜻하지 않은 형태를 가르쳐 주시옵소서.

다음 날 이른 새벽에, 승합 마차는 우리를 태우고 간다. 목티르가 우리와 함께 있다. 목티르는 왕처럼 행복하다.

체가, 케펠도르, 브레이……. 이 음울한 숙소들은 더욱더 음울한, 끝없는 길에 접해 있었다. 그런데 사실을 말한다면, 나는 오아시스들을 더 아름다운 것으로 생각하고 있었다. 그러나 있는 것은 돌과 모래뿐. 그리고 이상한 꽃이 피고 있는 난쟁이 덤불. 때로는 숨어 있는 샘에 의해 자라는 종려나무 몇 그루……. 나는 지금 오아시스보다도 사막이…… 죽음의 영광과 참을 수 없는 빛으로 가득 찬 그 나라가 더 좋다. 그곳에서는 사람의 노력이 추하고 비참하게 보인다. 이제 나에게 있어 그 밖의 모든 땅은 지루하다.

"당신은 비인간적인 것을 좋아하는군요." 하고 마르슬린이 말했다. 그러나 그녀 자신도 얼마나 바라보고 있는가! 그리고 얼마나 갈망하며 보는가!

이틀째는 날씨가 좀 나빠진다. 곧 바람이 일고 지평선이 흐려진다. 마르슬린은 괴로워하고 있다. 숨 쉴 때 들이마신 모래로 그녀 목은 불타듯이 따끔거린다. 너무도 강한 빛은 그녀 눈을 피로하게 한다. 이 적의를 품은 광경은 그녀를 괴롭힌다. 그러나 지금은 되돌아가기에는 너무 늦다. 몇 시간 후엔 투구르에 도착할 것이다.

바로 이 여행의 마지막 부분은 최근 일인데도 기억이 가장 흐리다. 지금, 이틀째의 경치와 투구르에서 무슨 일부터 먼저 했는지 생각이 나지 않는다. 그러나 아직도 기억하는 것은 내가 얼마나 신경질적이고 얼마나 성급하게 굴었던가 하는 것이다.

그날 아침은 몹시 추웠다. 저녁 무렵에 맹렬한 열풍이 불어 닥친다. 마르슐린은 여행 때문에 기진맥진해져서 도착하자마자 드러누웠다. 나는 좀 더 편안한 호텔이 발견되기를 바랐는데, 우리 방은 끔찍하다. 모래와 태양과 파리 때문에 온통 거무튀튀하고, 더럽고, 헐어 버렸다. 새벽부터 거의 아무것도 먹지 않았으므로, 나는 얼른 식사를 주문한다. 그러나 어떤 요리도 마르슐린에게는 맞지 않아서, 그녀가 뭘 먹어야 할지 정할 수가 없다. 우리는 차를 끓일 수 있는 도구를 가지고 왔다. 나는 하찮은 수고를 직접 한다. 우리는 저녁 식사로 과자 몇 개와 그 차로 만족한다. 그 차도 이 고장의 소금기 어린 물 때문에 맛이 지독했다.

허울만 남은 마지막 미덕을 발휘하여, 나는 저녁때까지 그녀 곁에 머물러 있다. 그러나 갑자기 나 자신도 탈진한 듯이 느껴진다. 정말로 재를 핥는 것 같은 맛! 오, 권태여! 초인적인 노력의 슬픔이여! 나는 가까스로 용기를 내어 그녀를 쳐다본다. 내 눈이 그녀 시선을 찾는 대신에, 끔찍하게도 그녀의 새까만 콧구멍에 집중되리라는 것을 나는 너무도 잘 안다. 고통을 겪는 그녀의 표정은 소름끼친다. 그녀도 더 이상 나를 쳐다보지 않는다. 나는 마치 그녀 몸에 손을 대고 있는 것처럼 그녀의 고통을 느낀다. 그녀는 지독하게 기침을 한다. 이윽고 잠든다. 그러나 이따금 느닷없이 몸을 부르르 떤다.

그 밤에 그녀 상태가 악화될 수도 있어서, 너무 늦기 전에, 나는 누구에게 도움을 청할 수 있는지 알고 싶다. 나는 밖으로 나간다. 호텔 입구 앞에 서자 투구르의 광장도, 거리도, 분위기까지도 그것을 쳐다보고 있는 것은 나 자신이 아니라고 여겨질 만큼 생소하다. 잠시 후에 나는 돌아온다. 마르슬린은 평온하게 잔다. 나는 쓸데없이 두려워했다. 이 이상야릇한 땅에서는, 도처에 위험이 숨어 있다고 사람들은 추측한다. 어리석은 생각이다. 그래서 충분히 안심한 나는 다시 밖으로 나간다.

밤 광장의 야릇한 활기. 사람들의 조용한 왕래. 흰 뷔르누들의 은밀한 스침. 이따금 바람이 야릇한 음악을 토막토막 찢어서 어딘지 모르는 곳으로부터 실어 온다. 누군가가 내 곁으로 온다……. 목티르다. 그는 내가 다시 나올 것이라고 생각하고 나를 기다렸다고 말한다. 그는 웃는다. 그는 투구르를 잘 알고 자주 온다. 그래서 그는 나를 어디로 데리고 갈지 잘 안다. 나는 그가 이끄는 대로 따라간다.

우리는 어둠 속을 걸어간다. 그리고 어느 무어인 카페로 들어간다. 그 음악은 바로 여기서 흘러나온다. 이곳에서 아랍 여자들이 춤추고 있다. 이 단조로운 미끄러지는 듯한 움직임을 춤이라고 말할 수 있다면 말이다. 그들 중 한 여자가 내 손을 잡는다. 나는 그녀 뒤를 따라간다. 그녀는 목티르의 정부다. 목티르도 따라온다……. 우리 세 사람은 좁고도 깊숙한 방으로 들어간다. 가구라고 해야 침대 하나밖에 없다……. 매우 낮은 침대로, 그 위에 앉는다. 방에 갇혀 있던 흰 토끼 한 마리가 처음에는 겁먹고 도망치려다가 곧 친해져서 목티르의 손에서 무엇인가 받아먹는다. 커피가 나온다. 목티르가 토끼와 노는 동안, 이윽고 그 여자는 나를 자기 쪽으로 끌어당

긴다. 나는 잠에 빠져 들어가는 것처럼 그녀에게로 끌려간다……

아! 나는 여기서 숨기거나 침묵할 수도 있을 것이다. 그러나 이 이야기가 진실이기를 그만둔다면, 나에게 무슨 가치가 있을 것인가……?

목티르는 그날 밤 그곳에 머물고, 나는 혼자서 호텔로 돌아간다. 밤이 깊어 간다. 건조한 시로코[63]가 불고 있다. 모래가 섞인 바람인데, 밤인데도 뜨겁다. 네 걸음 정도만 걸어도 나는 땀에 흠뻑 젖는다. 하지만 갑자기 나는 급히 서둘러서 발걸음을 돌려, 거의 달리다시피 해서 숙소로 돌아간다. 아마도 그녀는 깨어 있을 것이다……아마도 그녀는 내가 필요한 것일까……? 아니다. 방의 십자형 유리창은 캄캄하다. 나는 바람이 잠시 멈춘 틈을 기다려, 문을 연다. 그리고 슬그머니 어둠 속으로 들어간다. 저 소리는 뭐지……? 내가 알던 그녀의 기침 소리가 아니다……. 나는 불을 켠다.

마르슬린은 침대 위에 반쯤 몸을 일으켜 앉아 있다. 여윈 한 팔로 침대 난간에 매달려서 몸을 가누고 있다. 시트도, 두 손도, 긴 잠옷도 전부 피투성이다. 얼굴도 온통 피범벅이다. 두 눈은 흉측하게 크게 뜨고 있다. 어떤 단말마(斷末魔)의 비명일지라도 그녀의 침묵보다 나를 덜 불안하게 했을 것이다. 나는 그녀의 땀에 젖은 얼굴에서 작은 자리를 찾아 그곳에다 소름 끼치는 키스를 한다. 그녀의 땀 맛이 내 입술에 남는다. 나는 그녀의 이마와 볼을 씻어 상쾌하게 해 준다……. 침대 곁에서 무엇인가 딱딱한 것을 밟는다. 몸을 굽혀서 작은 묵주

63   덥고 건조한 지중해 동남풍.

를 줍는다. 이전에 파리에서 그녀가 나더러 집어 달라던 바로 그것이다. 그녀는 그것을 방금 떨어뜨렸던 것이다. 나는 그것을 펴고 있는 그녀 손에 쥐어 준다. 그러나 그녀 손은 이내 축 늘어져 또다시 떨어지게 내버려 둔다. 나는 어떻게 해야 할지 모른다. 도움을 청하고 싶었으나…… 그러나 그녀 손은 필사적으로 나에게 달라붙어 나를 꼼짝 못하게 한다. 아! 내가 그녀를 떠나고 싶어 한다고 생각하는 것일까? 그녀는 나에게 말한다.

"아! 당신은 아직 더 기다릴 수 있어." 내가 무언가 말하려는 것을 보고, 그녀는 덧붙인다. "아무 말도 하지 말아 줘. 다 잘될 거야." 나는 다시 한 번 묵주를 주워서 손에 쥐어 주지만, 또다시 그녀는 그것을 떨어지게 내버려 둔다. 아니, 그녀는 그것을 떨어뜨린다. 나는 그녀 곁에 무릎을 꿇고, 내 손으로 그녀 손을 꼭 쥐어 준다.

그녀는 내가 하는 대로 가만히 있다. 반은 긴 베개에, 반은 내 어깨에 기대어 조금 잠이 든 모양이다. 그러나 그녀 눈은 크게 뜬 채다.

한 시간 후 그녀는 다시 일어난다. 내 손에 쥐어진 자기 손을 빼내어 긴 잠옷을 움켜쥐고, 그 레이스를 찢는다. 숨이 찬 것이다. 새벽녘에 또 피를 토한다…….

이것으로 자네들에게 하는 내 이야기는 끝났어. 내가 무슨 말을 부연할 수 있을까? 투구르에 있는 프랑스인 묘지는 모래가 반쯤 파먹혀 버려 흉측해…… 나는 나에게 조금 남아 있는 의지력을 그 비참한 곳으로부터 그녀를 끌어내는 데 모조리 쏟았지. 그녀는 생전에 그녀가 좋아했던, 엘칸타라에 있는 어느 사유지 정원 응달에 잠들어 있어. 그 모든 일로부터 이제 겨우 삼 개월이 지났군. 이 삼 개월 동안 십 년이나 지난 것처럼, 그 일이 멀리 느껴져.

미셸은 오랫동안 잠자코 있었습니다. 우리도 역시, 각각 야릇한 불안에 휩싸인 채 잠자코 있었습니다. 아아! 우리에겐, 미셸이 이 신상 이야기를 함으로써 그의 행위를 한층 정당하게 만든 것처럼 여겨졌습니다. 그가 그 일을 천천히 설명하는 동안 우리는 그의 어떤 점을 비난해야 할지 몰라서, 우리도 거의 그의 공범자가 되어 버렸습니다. 우리도 마치 그 일에 관련된 듯이 느꼈습니다. 뻔뻔스러운 자존심 때문에 감동한 기색을 보이지 않으려고 했던 것인지, 혹은 일종의 수치심 때문에 눈물을 흘림으로써 우리가 감동하는 것이 두려웠든지, 혹은 정말로 감동하지 않았던 것인지, 어쨌든 그는 목소리도 떨지 않고, 또 억양이나 태도에도 보기 흉한 점은 조금도 없이 이 이야기를 마쳤습니다. 나는 아직도 자존심, 힘, 몰인정, 혹은 수치심이 어떤 비율로 그의 마음을 차지하고 있는지 모르겠습니다. 잠시 후, 그는 다시 이야기를 계속했습니다.

내가 두려워한 것은, 솔직히 말해서 내가 아직도 퍽 젊다는 거야. 이따금 나의 진정한 삶은 아직 시작되지도 않은 것처럼 느껴져. 제발, 지금, 나를 여기서 데리고 나가 줘. 그리고 나에게 생존 이유를 부여해 줘. 나는 그것을 발견할 수가 없거든. 나는 해방되었어. 혹은 그럴지도 모르지. 그러나 그게 무엇이라는 말인가? 나는 이 용도 없는 자유 때문에 괴로워. 내 말을 믿어 줘. 그것은 내가 나의 죄 — 자네들이 그렇게 부르고 싶다면 —— 때문에 지친 게 아니라, 나의 권리를 뛰어넘지 않았다는 것을 자신에게 입증해야 하기 때문이야.

애당초 자네들이 나를 알았던 때의 나는 확고하고 고정된 사고를 했어. 그리고 바로 그것이 진정한 인간을 만드는 것이라는 사실을 알지. 지금은 그런 사고는 하지 않아. 하지만 이곳 기후가 그 원인이라고 생각해. 언제나 변함없는 이곳의 푸른 하늘만큼 사고를 꺾어 버리는 것은 없거든. 이곳에서는 어떤 탐구도 불가능해. 그만큼 관능이 욕망 곁을 따라다니지. 눈부신 빛과 죽음에 둘러싸여, 나는 지금 여기에 있다는 행복을 너무나 느끼고, 그 행복에 대한 탐닉이 너무나 단조롭다고 느껴. 나는 낮의 우울한 지루함과 견딜 수 없이 무료한 시간을 때우기 위해 대낮에 잠을 잔다네.

보다시피, 여기 내게 흰 조약돌들이 있어. 이것들을 그늘에서 식히고 있지. 그리고 여기 배어든 차분한 냉기가 없어질 때까지 오랫동안 손바닥에 움켜쥐고 있어. 그러고는 조약돌들을 바꾸고, 냉기가 가신 조약돌들을 식히기 위해 되돌려 놓는 걸 되풀이하는 거지. 그렇게 시간이 지나가고, 저녁때가 되지…… 나를 여기서 데리고 나가 주게나. 나 스스로 그렇게 할 수가 없어. 내 의지 속 무엇인가가 부서졌어. 내가 엘칸타라에서 떠났던 힘을 어디서 발견했는지조차도 모르겠어. 이따금 내가 억압했던 것이 복수할까 봐 두려워. 나는 새로 시작하고 싶다네. 남아 있는 내 재산도 다 치워 버리고 싶다고. 보다시피, 이 벽도 아직 내 것으로 덮고 있어…… 여기서 나는 거의 무일푼으로 살고 있어. 프랑스인 혼혈인 여관 주인이 끼니를 약간 챙겨 주지. 아까 자네들이 들어왔을 때 달아났던 그 아이가 아침저녁으로 가져다줘. 그 대가로 잔돈 몇 푼을 주고 어루만져 주지. 그 아이는 낯선 사람들 앞에서는 거칠지만 나한테는 개처럼 다정하고 충실하거든. 그의 누이는 울레드 나일[64] 여자인데, 해마다 겨울철이 되면 콩스탕틴으로 가서 행인들에게 몸을 팔아. 굉장히 미인인데, 나도 처음 몇 주 동안은 이따금 밤에, 그녀가 내 곁을 지나가는 것이 괴로웠어. 그런데 어느 날 아침 우리가 함께 자고 있는 것을 동생 알리에게 들키고 말았지. 알리는 몹시 화가 나서 닷새 동안 오려고 하지 않았어. 그러나 그 애도 자기 누이가 어떻게, 무엇으로 생활하는지 모르지 않아. 전에는 자기 입으로 대수롭지 않다는 듯이 그 얘기를 했던 적이 있었으니까……. 그렇다면 그 애가 질투를 했던 것일까? 그랬다면 어릿광대 녀석은 그 목적을 달성한 셈이야. 왜냐하면 절반은 싫증이 나고, 절반은 알리를 잃을까 봐 두려워서, 그 정사 이후로 나는 더 이상 그 처녀를 붙들지 않았기 때문이지. 그녀는 그것에 대해 화를 내지도 않았어. 하지만 그 후, 만날 때마다 내가 그녀보다도 사내아이를 더 좋아한다고 말하고, 웃으면서 놀려 대더군. 그녀는 특히 나를 여기에 붙들어 놓고 있는 것은 바로 그 애라고 말해. 아마도 조금은 그녀 말이 맞는지도 모르지…….

---

64   알제리 지방 종족이며, 처녀는 결혼하기 전에 결혼 비용을 마련하기 위하여 무희나 창녀가 되는 관습이 있다.

| 옮긴이
동성식 | 서울대학교 불어불문학과를 졸업하고 같은 대학원에서 앙드레 지드 연구로 박사 학위를 받았다. 파리 3대학에서 수학한 후, 서울대학교 교류 교수와 창원대학교 인문대 학장을 역임하고, 현재 창원대학교 불어불문학과 교수로 재직 중이다. 지은 책으로 『앙드레 지드, 소설 속에 성경을 숨기다』, 『프랑스 문화와 사회』(공저) 등이 있고, 옮긴 책으로 앙드레 모루아의 『젊은이여 인생을 이야기하자』 등이 있다. 대표 논문으로 「『사전꾼들』의 구조 분석」, 「『이방인』에 나타난 빛과 물의 이미지 연구」, 「Gide의 Mise en abyme 기법에 관한 시론」, 「지드의 소설과 성경의 상호텍스트성 연구」, 「지드 소설의 공간 연구」, 「지드와 사르트르의 결혼관 비교 연구」, 「『전원교향곡』과 성경의 상호텍스트성」, 「지드의 소설 속에 나타난 죽음의 양상」 등이 있다. |

| 반도덕주의자 | 1판 1쇄 펴냄 2017년 6월 30일
1판 2쇄 펴냄 2020년 4월 21일 |

지은이 앙드레 지드
옮긴이 동성식
발행인 박근섭, 박상준
펴낸곳 (주)민음사

출판등록 1966. 5. 19. 제16-490호
서울특별시 강남구 도산대로1길 62(신사동)
강남출판문화센터 5층 06027
대표전화 02-515-2000 팩시밀리 02-515-2007
www.minumsa.com

ISBN 978 89 374 2921 7 04800
ISBN 978 89 374 2900 2 (세트)

* 잘못 만들어진 책은 구입처에서 교환해 드립니다.